Nunca nos contamos lo que pasó

Natalia Junquera

Nunca nos contamos lo que pasó

SUMA de letras

Papel certificado por el Forest Stewardship Council®

MIXTO
Papel | Apoyando la silvicultura responsable
FSC® C117695

Penguin Random House Grupo Editorial

Primera edición: octubre de 2024

Printed in Spain – Impreso en España

ISBN: 978-84-9129-932-5
Depósito legal: B-12.730-2024

Compuesto en Mirakel Studio, S. L. U.

Impreso en Black Print CPI Ibérica
Sant Andreu de la Barca (Barcelona)

SL99325

A Belén

Que mi voz suba a los montes
y baje a la tierra y truene.

MIGUEL HERNÁNDEZ,
«Sentado sobre los muertos» (1936)

Grito por ellos, por su injusta, terrible y cobarde muerte.
Por su miedo, por su dolor, por su juventud truncada, por la vida que no vivieron.
Grito por todo lo que tuvimos que callar y que aguantar.
Y grito por las viudas y las madres que vivieron y murieron con la boca bien apretada para que no se les escapara este mismo grito.

HILDA FARFANTE (2000)

A vosotros, los que vengáis a
hacer lo que nosotros no
hemos hecho. A dar el beso
que no pudimos dar, a
soñar el sueño que se nos
escapó, a escribir la letra
que se nos olvidó.
Os confío mi fracaso y os deseo
[la victoria.

Pedro Salinas

1

Sirenas

Ha muerto Rodrigo Couto. En la esquela dice que tenía cincuenta y nueve años —menos de los que yo pensaba— y aparecen unos nombres de los que nunca habló: Elena, Marina... Hoy he sabido que eran su exmujer y su hija. A algunos periodistas cuesta imaginárselos fuera de su trabajo, leyendo cuentos, haciendo recados o meriendas, de la misma manera que hay adultos a los que es difícil imaginar de niños, antes del bigote, el agotamiento, la vehemencia. No coincidimos tanto como me hubiera gustado porque estábamos en secciones diferentes y eso, en un periódico, es como vivir en otro hemisferio, pero recuerdo que mi primer día en la Redacción me sentí afortunada por compartir con él el espacio y la misión, aunque él fuera ya entonces un veterano con las vitrinas llenas de premios y yo una becaria sobreexcitada. Couto encajaba perfectamente en ese peculiar paisaje que es un diario y pienso que, si hiciéramos el experimento de pedirle a cualquiera que dibujara a un periodista, seguramente lo pintaría así, con su aspecto aheminguado, la barba de pensar, la tripa peleándose siempre con los botones de una camisa de cuadros.

Tenía el ego justo, razonable y sano. Sabía escuchar a los que están por debajo y también discutir con los de arriba cuando estaba muy convencido de algo. No pasaba a menudo, pero cuando sucedía se enteraba toda la Redacción (los dos hemisferios). Era un hombre que dudaba; sí, esa era, definitivamente, una de sus virtudes, porque le permitía poner a todo más atención. Admitía siempre la posibilidad de estar equivocado, y creo que se alegraba sinceramente cuando cazaba algún prejuicio, aunque fuera suyo. Una vez me dijo que lo que más le gustaba era llegar a un sitio o a una persona y que fuera totalmente diferente a como imaginaba, porque creía que al lector seguramente le pasaría algo parecido y así podría sorprenderlo, descubrirle algo que desconocía. Me pareció una definición preciosa de nuestro oficio. Y precisa; es verdad que casi nunca hay buenos muy buenos y malos muy malos. El trabajo consiste, a menudo, en mostrar el gris, aunque hoy abunden los discursos maniqueos, ese periodismo bufandero tan inútil y previsible en el que Eva, la pecadora original, militaba en las Juventudes Socialistas o en las Nuevas Generaciones del PP.

Aporreaba el teclado como si fuera el enemigo, solo con dos dedos, pero rapidísimos y capaces de que nadie notara que esa columna de la última página de la sección era un relleno en un día flojo de noticias. No aguantaba mucho en la silla, en la Redacción. Sus jefes pensaron que a medida que fuera cumpliendo años se le quitarían las ganas de salir pitando hacia cualquier lado, pero se equivocaron. Y a la vuelta había que sacarle las batallitas con sacacorchos, literalmente, poniéndole vinos delante. Cuando le pedíamos que nos contara algo de Afganistán, de Bosnia, de Sudán…, decía: «¡Compraos el periódico!». Era generoso con los nuevos, una especie de padre exigente, pero tierno con los becarios —«Estáis a tiempo de pareceros a los buenos», les decía— y severo con los que aparecían en la mancheta, a los que llamaba «la Élite». Los examinaba a diario para comprobar que cumplían todos los requisitos que él entendía que debía reunir alguien con un puesto privilegiado en la delicada tarea de seleccionar qué merecía ser contado. Si aprobaban, después de la reunión para decidir la portada del día siguiente, se quedaban un rato riéndose a grandes carcajadas en la sala grande. Si suspendían, las voces se oían desde la calle. Couto pertenecía a ese grupo escaso de gente que parece no tenerle miedo a nada, y eso, a veces, también genera suspicacias. Hay quien se siente más fuerte cuando detecta los complejos, las inseguridades de los demás, y viceversa: quien se ve atacado, vulnerable, cuando otro demuestra seguridad.

Era de la vieja escuela, pero aprendió rápido el editor web, se apuntó el primero a participar en los pódcast, incluso hizo un curso por su cuenta para montar vídeos. Eso sí, cuando alguno de los muchos gurús que desfilaron por el periódico se ponía estupendo hablándonos mucho de formatos y poco de contenidos, repetía una de mis frases favoritas: «El periodismo está inventado. Hay que hacerlo bien».

Varios compañeros han redactado obituarios elogiosos, merecidos, con el manido «periodista de raza» en casi todos los textos. Ninguno habla de por qué hay que ir al archivo a buscar lo último que Couto firmó en este periódico. Nadie explica por qué ese «profesional excepcional», «comprometido y honesto», «trabajador incansable», etc., dejó de escribir. Cuentan sus grandes coberturas, las guerras, sus mejores entrevistas, esa columnita que tuvo una temporada en el cuadernillo del domingo... Todos olvidan mencionar cómo, en un momento dado, un mediocre inseguro, el director, decidió arrinconarlo por la razón más patética, los celos. La envidia puede ser caprichosa, incoherente. Quien lo apartó tenía galones, un sueldo tres veces mayor y un chófer, porque se suponía que su tiempo valía demasiado como para gastarlo en conducir. Pero nunca había sentido el orgullo ante el trabajo bien hecho, esa satisfacción que da el comentario interesante de un lector que ha llegado al final de tu texto. Así que Adolfo Gallizo, consciente, a sus cincuenta y seis años, de que ya no podría ser nunca como Rodrigo Couto, inventó un puesto sin el cual el periódico había salido cada día a la calle durante treinta años, coordinador de última hora o algo así, y enterró a un reportero «de raza» condenándolo a leer teletipos —«Y que no se nos escape nada»—. Para cuando le detectaron el cáncer, aquel hombre que no sabía separar la vida de su profesión, lo que era de lo que hacía, había perdido las ganas de estar en este mundo, o sea, de contarlo. No murió ayer ni, como dicen hoy los obituarios, de «una larga enfermedad». Murió de pena, y el hombre que le inyectó ese veneno lo alaba ahora leyendo un papelito que se ha sacado de la americana de Carolina Herrera lleno de esos lugares comunes que Couto tanto detestaba. También ha sido capaz de empezar su discurso en el funeral de un periodista diciendo «yo»: «Yo pasé muchas tardes hablando con Couto, revisando sus textos...». Solo un cretino trata de arrebatarle el protagonismo al que está dentro del ataúd.

Cuando el director termina de leer el papelito y vuelve a doblarlo teatralmente, con gesto compungido, para devolverlo al bolsillo interior de la chaqueta, un rebaño adocenado le aplaude. Son mis compañeros, los de Couto, y ese aplauso es lo segundo más triste que ha pasado hoy. Gallizo me clava la mirada, sé que ha traducido mis brazos cruzados como un desafío, pero no me apetece fingir. Entré en esta sala oscura donde van a cremar a uno de los buenos triste, muy triste. Ahora estoy enfadada. Y, después de todo, no tengo nada más que perder. Ya me ha dicho lo que piensa: «¿Que quieres escribir? Los de seguridad de la puerta quieren escribir, todo el mundo quiere escribir en *El Día*, Belén». Ya me ha quitado el sueño, la autoestima. No aplaudirle ni reírle las gracias es uno de los pocos lujos que puedo permitirme, mi pequeñísimo reducto de autonomía en esta relación que la mayoría de los días consiste en hacerme sentir como una mierda enviando a otros mediocres para que me encarguen temas ridículos, como investigar el suceso que publica una web absurda sobre una boa que engulló a unos gemelos australianos o una tortuga que murió por comer las monedas que los turistas arrojaban a una fuente pública. Hasta ahora he conseguido librarme. «No soy capaz de confirmarlo, Daniel —le digo pasado un rato al director adjunto—. ¿Quieres que citemos a mundosextraños.com?». Supongo que el día que me diga «Sí, sí, tú tira», será el último que pase aquí. Ya no me importa.

Tampoco Elena ha aplaudido a Gallizo y eso me hace pensar que Couto la mantenía al tanto. Es una mujer guapa, calculo que unos diez años más joven que él. Cuando me acerco a darle el pésame, me cuenta que llevaban quince separados, pero que hablaban todas las semanas: «Rodrigo fue un marido pésimo, un padre peculiar con un par de grandes momentos y un periodista excepcional, pero eso ya lo sabes». Al presentarme, me ha dicho: «Ah, sí. Belén. Hace tiempo que no te leo. ¿A ti también te han castigado?». Me emociono un poco al saber que Couto le había hablado de mí y es ella la que me abraza: «No te rindas. Él pasará, vosotros permaneceréis». Le pregunto si es periodista o normal y me siento algo orgullosa al conseguir que se ría. «Normal, trabajo en el CSIC. Soy química». En cuanto lo dice, recuerdo una de las pocas conversaciones no periodísticas —o eso creía— que tuve con Couto, hace años, a la vuelta de un viaje, cuando lo soborné con unos vinos. «Belén, más tarde o más temprano se impone la realidad, las sirenas tienen que volver al mar y los humanos, salir a la superficie». Se refería a las relaciones entre periodistas y no periodistas. Aquel día se lo rebatí. Le puse un par de ejemplos de parejas mixtas y me contestó que eran «la excepción que confirma la regla». Le eché un discurso muy vehemente sobre los riesgos de la endogamia, lo sano que era que alguien ajeno a la profesión nos ayudase a quitarle y a quitarnos importancia. Hoy sé que Couto tenía razón. A la gente normal le gusta esa pasión con la que hablamos de las cosas; le hace gracia que salgamos a veces en la tele, que midamos el tiempo en legislaturas. Los comienzos son magníficos. Se divierten, se ríen, lo pasan bien. Al principio, les enternecen nuestras crisis de fe, nos consuelan cuando nos venimos abajo y compran cava para brindar cuando damos una exclusiva. Quieren creer. Se agarran a nuestros días buenos como si no hubiera mañana, porque saben que mañana a lo mejor rellenamos dos en lugar de cuatro columnas y todo se desmoronará. Las primeras semanas justifican con orgullo nuestras ausencias —«Ha tenido que ir a cubrir tal»; «Se ha quedado en casa escribiendo…»—, pero un día se hartan de esa tendencia nuestra a pasar de la miseria a la euforia y otra vez a la miseria o de que nos acordemos del día en que dimitió fulanito, pero no de que habíamos quedado para cenar. Lo que les parecía exótico empieza a resultar pesado; lo que los llenaba de orgullo ahora les cabrea. Y es normal. Como ellos. Couto tenía razón, aunque ahora quizá le diría que, a veces, entre sirenas tampoco nos entendemos.

Durante el discursito del director, he buscado varias veces la mirada cómplice de Alberto. Sé que la habría encontrado hace no tanto tiempo. Hoy no. Cuando lo veo aplaudir a Gallizo, siento frío, esa punzada de la decepción. No sé por qué me sorprendo. En la Redacción hace como si no me conociera y cuando nos cruzamos en algún sitio donde no hay escapatoria, como el cuartito de la máquina de café, mira en todas direcciones antes de dirigirme la palabra para asegurarse de que nadie lo ve, como si fuera a pasarle droga. Le hicieron jefe hace un mes y debe de pensar que, si lo ven conmigo, una de las castigadas, puede terminar igual. El miedo es humano, me digo. Después de todo, tiene hipoteca, mujer e hijos. Yo siempre lo supe. En eso, no me engañó.

Cuando a mí ya me habían enviado al rincón de pensar, pero a Alberto todavía no le habían dado un cargo, me llamaba todos los días para indignarse: «No hay derecho. Menudo gilipollas. Aguanta, esta locura caerá por su propio peso…». Venía a menudo a mi casa, abríamos una botella de vino y nos reíamos de las barbaridades de Gallizo en los últimos días. Teníamos material de sobra. De hecho, la botella se acababa siempre antes de que nosotros termináramos el inventario de esa semana. Alguna vez se quedaba a dormir. Cuando nos despedíamos en la puerta por la mañana, decía, con esa condescendencia involuntaria con la que los sanos hablan a los enfermos; los enamorados, a los solteros; los libres, a los presos: «Un día menos, Belén. Piensa que hoy es un día menos». Ahora solo se dirige a mí cuando no hay testigos y sé que cuando pregunta «¿Qué tal?», reza por dentro para que no se lo cuente.

Alberto no es el único. Compañeros de toda la vida en el periódico actúan como si yo tuviera alguna enfermedad contagiosa. Me rehúyen, evitan cualquier conversación que no sea estrictamente necesaria. Alguno ha llamado o ha mandado después mensajes disculpándose y he terminado compadeciéndolos, diciéndoles que lo entiendo, que no se preocupen, que todo está bien. No me ofende su miedo. Con Alberto me costó un poco más aceptarlo porque me había acostumbrado demasiado a dormir con él, pero en estos meses ha perdido todo el atractivo. Parece un niño asustado y me resulta imposible imaginármelo en mi cama porque, aunque me propuse no hacerlo, sigo leyendo cada día el periódico y he visto cómo se hacen las salchichas: con su colaboración necesaria.

Elena me da su tarjeta del CSIC. «Llámame un día y charlamos con calma. Me largo ya antes de que vengan estos plastas a besuquearme». Apenas hemos hablado, pero entiendo enseguida que Couto se sintiera atraído por ella y ella por él. Incluso que se separaran y que siguieran cuidándose, queriéndose de alguna manera. No solo es una mujer guapa, tiene algo, algo diferente que la eleva sobre el rebaño de personas que hemos venido a llorar a otra persona que también era distinta, mejor, más interesante que todos nosotros.

Al llegar a casa, escribo un texto para Couto, mi despedida:

El cielo de los periodistas

Cada uno vive en una casa muy grande, con todos los familiares y amigos que echaba de menos, los que llegaron antes. Por las mañanas desayunan algo muy parecido a los bufets de los hoteles —en el cielo, por supuesto, no se engorda— y luego se van a trabajar —porque en el cielo de los periodistas se trabaja—.

Todos los días hacen un periódico común, excelente, el mejor que se haya escrito. Se imprime en sus rotativas y lo reparten unos angelitos monísimos. También hay una edición digital, pero en el cielo son más del papel de toda la vida. Se lo pueden permitir; todo el mundo allí arriba está suscrito.

El periódico tiene distintas secciones. Hay noticias de la Tierra, del Cielo y del Infierno, es decir, Internacional, Nacional y Sucesos. También viñetas de Forges y crucigramas de Mambrino. El periodismo hace que cada día sea distinto, como pasaba en la Tierra. Hacen muchas entrevistas, porque el cielo de los periodistas está lleno de gente inteligente, maravillosa e interesantísima a la que entrevistar. De todos los tiempos y de todas las disciplinas. A veces la mañana se va preguntándole a Bogart si se enamoró de Bacall cuando ella le enseñó a silbar; o sentado con Neil Armstrong contándote a qué olía la luna. Otro día Quini explica con pelos y señales cómo fue su secuestro y por qué decidió perdonar a sus secuestradores. Se inflan a dar exclusivas porque en el cielo de los periodistas la gente se anima a contar cosas que en la Tierra no pudieron o no quisieron desvelar. Por ejemplo, Federico García Lorca, que escribe poemas en la contraportada de los domingos, contó en un número especial dónde estaba enterrado. Además de la gente de plantilla tienen una lista de colaboradores de lujo; Winston Churchill pidió escribir en las páginas de Cultura para hacer una crítica de la película *The Queen*, que le gustó mucho.

Las reuniones para decidir la portada del siguiente amanecer en el cielo de los periodistas son batallas campales divertidísimas. El director del periódico, Miguel Ángel Bastenier, se reúne con los jefes de cada sección y cada uno vende sus temas. Hay un consejo de sabios excelente (Javier Pradera, Joaquín Prieto, Malén Aznárez, Alejandro Bolaños, Victorino Ruiz de Azúa, Ramón Lobo...) y Mario Benedetti los asesora con la táctica y estrategia para construir con palabras un puente indestructible. Como todos los temas son tan buenos, es difícil escoger los mejores para llevarlos a la primera página. Imagínense: «¿Hoy qué metemos? ¿La entrevista con Martin Luther King o la de Marilyn Monroe?

Existe la competencia, naturalmente, pero es una competencia sana, parecida a esas apuestas que se hacen solo por honor. A veces puede parecer que se enfadan, pero en cuanto cierran el periódico hacen un tercer tiempo en el bar de los periodistas y todo el mundo se olvida de si ganó o perdió la discusión. No hay un sitio donde sepa mejor la cerveza, esas cañas del deber cumplido, con el texto ya en la imprenta. Y lo mejor es la música en directo. Viene mucha gente de fuera, porque el de los periodistas es el mejor bar del cielo con diferencia, y de repente Antonio Vega sube al escenario para cantar «Lucha de gigantes» o Paco de Lucía coge la guitarra y hace que todos se callen de golpe.

De vez en cuando, si hay acontecimientos importantes, como las elecciones o el clásico, mandan a alguien de enviado especial a la Tierra. También descienden cada noche al infierno para contar las altas, los que acaban de llegar. Los periodistas del cielo son muy honestos y cuando bajan al infierno y se encuentran con algún viejo malo conocido se recusan a sí mismos para que otro escriba la crónica. Pasa a menudo. No obstante, como tienen toda la influencia de los mejores tiempos del periodismo terrenal, cada año pueden salvar un alma condenada. Hay un barrio especial para los cursos de reinserción, que dirige Kapuściński, y, como ya no derrocan gobiernos corruptos, en su vitrina de trofeos colocan las fotografías de todos aquellos a los que decidieron dar una segunda oportunidad. A veces también interceden para salvar desde el cielo a alguno que está a punto de perderse o desilusionarse por completo en la Tierra. Suele darles el aviso el SEPRONA, porque los periodistas apasionados son una especie en peligro de extinción, acechada por todo tipo de depredadores, vulnerable si pierde a la manada, permanentemente expuesta a la frustración, que es la termita más voraz. Y entonces hacen una llamada anónima para darle una exclusiva de las buenas, una de las que duran varios días y hacen que a nadie le interese pinchar en el vídeo de la Kardashian o el del gatito que ladra.

Couto estará cómodo. Podrá volver a hacer lo que le gustaba.

Yo ya no puedo llamarlas, pero las fuentes siguen llamándome a mí. Oyen cosas por ahí, quieren saber qué está pasando dentro. Preguntan: «Qué estáis haciendo? ¿Por qué ya no escribes?». El periódico es irreconocible, la mitad de los suscriptores se han dado de baja, la venta en quiosco ha caído en picado. En cualquier empresa, con esos resultados, echarían al director, pero aquí no, así que sospecho que el desastre quizá sea un plan deliberado del presidente, que se retira este año y quizá es incapaz de asumir que el periódico, su criatura, siga sin él. No cuento nada de esto a los que llaman. Supongo que conservo cierta lealtad, pese a que no sea recíproca. Uno de ellos, un político muy importante, se ofreció a mediar con el director: «Arreglo lo tuyo en cuanto me digas». Me conmovió su ofrecimiento, porque muchas veces escribí lo que él no quería que se supiese, pero le dije que no necesitaba nada y que no quería que hiciese nada, aunque sé que habría sido mano de santo. Es de lo único de lo que estoy orgullosa este año.

Llegó un punto, además, en el que, aunque quisiéramos contar ahí fuera —a las fuentes, a los lectores, a la competencia...— todo lo que ocurría aquí dentro, nadie nos creería. Desde el nombramiento de Gallizo vivimos situaciones inverosímiles, por ridículas. Al principio, de puro inconscientes, nos reíamos de ellas. Salíamos de la Redacción y poco a poco, como si el edificio nos escupiera, nos íbamos juntando de nuevo en el bar de enfrente, El Naranjito. Los primeros solían ser Pepe y Raúl, de Infografía. Los últimos, Susana y Paco, de Cierre. Recuerdo perfectamente que, el día que Gallizo hizo levantar, con la plancha ya hecha, un gráfico de Messi (títulos, goles, ese tipo de cosas...) por la sencilla razón de que él es forofo del Real Madrid, nos reímos mucho. Le habían dado el balón de oro, y Pepe había propuesto ilustrar la noticia con una infografía silueteada. Lo que iba en una página pasó a una columna. Sin gráfico ni foto. Lo haría más veces. Gallizo se enfadaba con la realidad como se enfadan algunos niños al recibir información contraria a sus planes —«Despídete, que nos vamos»; «A la bañera»; «Hoy hay lentejas»...— y, con la misma actitud infantil, cerraba los ojos a los acontecimientos pensando que así se hacía invisible y que no incluir en el periódico algo que había pasado equivalía a que no hubiera ocurrido.

En otra ocasión, Mercedes, una de las secretarias, nos contó que al día siguiente íbamos a recibir un e-mail en nuestros correos informándonos de que a partir de ese momento «queda terminantemente prohibido, por orden de la dirección», colgar abrigos o chaquetas de los respaldos de nuestras sillas porque la Redacción era también «un lugar de recibimiento de visitas» y teníamos que dar «buena imagen». «Y entonces —decía Mercedes con su gracejo andaluz— he preguntado que dónde había que ponerlos, que en noviembre ya hace fresquito para ir a cuerpo gentil, y me ha dicho: "Qué pesada eres, Carmen". No me he atrevido a decirle que me llamo Mercedes porque eso seguro que es de pesadas». Nos tronchábamos de risa. A Luis, de Maquetación, que fue el primero en colgar el abrigo de su silla dos días después, lo llamamos durante días William Wallace y cuando llegaba al Naranjito le gritábamos: «Puede que nos quiten la vida, pero jamás nos quitarán... ¡la libertaaaaaad!».

«Por orden de la dirección», también quedó prohibido que los jefes autorizasen viajes de sus redactores; que nos sentáramos como siempre, distribuidos por secciones; que cogiéramos libretas y bolígrafos «sin autorización previa» del armario de material, y que las noticias publicadas en la edición web siguieran abiertas a comentarios de los lectores —claro, los pobres habían sido los primeros en detectar la mercancía averiada y se quejaban—.

Gallizo miraba a sus redactores como si fueran el enemigo. Nos declaró la guerra y, como prescriben los manuales, hizo todo lo posible para debilitarnos, es decir, dividirnos.

Un día nos pilló en plena moviola en la terraza del Naranjito. Habían ingresado a la madre de José, su chófer, así que salió caminando del periódico y cruzó la calle para coger un taxi. No sabemos decir cuánto o qué fue lo que oyó, pero, a partir de esa noche, el grupo del Naranjito empezó a menguar y menguar en el bar. Fue a la mañana siguiente cuando Gallizo escogió a cinco de nosotros como castigos ejemplarizantes y nos envió a puestos absurdos que inventó él mismo para darnos una lección. Se le metió en la cabeza —en eso tenía razón— que la Redacción no lo respetaba; destituyó a toda «la Élite», veteranos con años de oficio a sus espaldas, y nombró como directores adjuntos al peor becario de los últimos años, Daniel, y a Rosa, una mujer que hasta ese día se encargaba de los eventos que organizaba el diario para captar publicidad. Es decir, se rodeó de personas que incluso en sus delirios de grandeza sabían que en ninguna otra coyuntura ocuparían esos puestos y que, por ese imperioso motivo, jamás iban a llevarle la contraria. Los tres se conjuraron para hacernos la vida imposible y el peor periódico posible. Lo consiguieron.

Hasta un reloj parado da bien la hora dos veces al día, pero ellos lograban no acertar nunca. Retorcían los titulares, a los que siempre creían que les faltaba «salsa» —cuando algún redactor oía eso, se echaba a temblar— y lo hacían de tal manera que terminaban diciendo lo contrario a lo que se leía en el resto del texto, cuando no eran directamente incomprensibles. Como eso lo hacían también con las entrevistas, el mundo mundial dejó de ponerse a tiro del diario y un género entero desapareció del periódico. Gallizo y sus escuderos magnificaban las chorradas y enterraban lo verdaderamente importante. Una de las funciones del periodismo, jerarquizar la información, ordenarla, también quedó anulada por completo. Prácticamente cada día nos caía una demanda, hasta que el diario se convirtió en algo tan irrelevante que los afectados ni siquiera se molestaban en llevarnos a los tribunales por cualquier disparate que había salido impreso en nuestras páginas. *El Día* era, pese a todo, una máquina tan engrasada que, en su nuevo y brutal formato, repleto de mentiras, disparates y enfoques absurdos, salía todos los días a la calle y llegaba puntual a los quioscos, a los bares, a los despachos... para vergüenza de todos nosotros. Una noche bromeé con Paco, de cierre: «Vayamos a la rotativa y quemémosla, la portada de mañana es especialmente bochornosa, no permitamos esto». Me sonrió haciendo un esfuerzo sobrehumano y se fue casi corriendo. Paco también tenía miedo. Se habían acabado las bromas.

A Couto lo enviaron a revisar teletipos. A Pepe y a Raúl ya solo les dejaban hacer localizadores señalando España y Portugal, la costa y el mar, o cosas por el estilo. A Nieves, de Nacional, la mandaron de vuelta a Burgos porque dijeron que no teníamos corresponsal allí, pero una vez que deshizo su vida para instalarse en la ciudad de la que se había ido veinticinco años antes no volvieron a encargarle una pieza y rechazaron todos los temas que propuso. Y a mí me colocaron en Optimización, Viralidad y SEO, una sección que se inventaron para publicar piezas disparatadas que dieran mucho tráfico en la web, tipo la boa que se comía a los gemelos australianos.

Como no les gustaba tenernos por allí, por primera vez, tuvimos un horario fijo. Jamás se me hicieron tan largas ocho horas. Era consciente, mirando el reloj del ordenador, del momento en el que las 12:01 pasaban a ser las 12:02. Salía física y mentalmente exhausta; me dolían los músculos, tenía las cervicales como un ovillo de lana y me generaba tanta ansiedad pensar qué gilipollez me encargarían al día siguiente que me despertaba tres o cuatro veces cada noche, sudando, con el corazón a mil, como si hubiera tenido una pesadilla. Pero todo aquello estaba ocurriendo de verdad.

Ya no podía salir a buscar las historias, pero, después de tantos años, seguían llegándome al correo o al teléfono mensajes con algún tema interesante, susceptible de convertirse en un buen reportaje. Para mí era la tortura. Como tener mucha sed, estar delante de la fuente y ver de repente un cartel que dice AVERIADA.

Mi abuelo Ángel no leía el periódico, le hacía una autopsia. Extraía del conjunto cada doble página, la examinaba de principio a fin y, una vez satisfecha su curiosidad, depositaba el trozo de papel manoseado y exhausto boca abajo sobre el sofá. Terminado el proceso, en el salón quedaba un montoncito de realidad, dispuesto del final hacia atrás, para el siguiente que quisiera saber qué cosas habían pasado en el mundo y, sobre todo, por qué habían pasado.

En mi casa siempre hubo un periódico. Mi padre compró *El Día* desde que salió el primer número, hace ahora treinta años, cinco después de que yo naciera y casi dos décadas antes de que empezara a trabajar en él. Para él no solo era una forma de estar informado, sino un elemento más de su uniforme de ciudadano. Se vistió cada mañana con él para ir al sitio donde le dieron su primer trabajo, un colegio del Opus donde se recomendaba otra etiqueta, y lo sigue llevando hoy al instituto donde da clases de Matemáticas. Sobre la cabecera, para que quien lo coja prestado lo devuelva, escribe cada día, con la pluma de corregir: Lobo. Y, cuando quiero pasar tiempo con mi madre, la recuerdo así, leyendo *El Día* en el sofá de casa, en invierno tapada con una manta; en verano agitando algún abanico de propaganda. Probablemente, fue en ese momento cuando decidí que quería ser periodista y escribir en esas páginas que a ella tanto le interesaban. Hoy sé que llevar *El Día* a casa fue uno de los mejores regalos que me hicieron mis padres porque el periódico no solo traía información, sino temas de conversación. Primero hablaban ellos: de entrevistas, reportajes, crónicas... Cuando crecí lo suficiente, hablábamos juntos, de los textos y de las familiares firmas que los encabezaban, los periodistas a los que yo me quería parecer.

Durante mucho tiempo abrí el periódico por la sección de Cartas al Director con la ilusión de ver publicada alguna de las treinta líneas mecanografiadas que enviaba con el único deseo de ver mi nombre en sus páginas. Me publicaron muchas y en casa guardo aún decenas de aquellos tarjetones amarillos firmados por Luis Suárez —probablemente, uno de los mejores capataces que tuvo esa

Redacción— que te hacían llegar para disculparse la falta de espacio cuando no las seleccionaban. Por aquella época, y no exagero, ni una carta de amor del chico que me gustaba superaba la emoción de la correspondencia correspondida o incluso rechazada —vía tarjetón amarillo— con *El Día*.

Envié cartas desde la universidad y desde los medios en los que empecé a hacer prácticas. Llegó un momento en el que todo el mundo a mi alrededor sabía de mi obsesión y venía, por ejemplo, mi jefa con el periódico en la mano y me decía: «¡Belén! ¿Otra?».

Al terminar la carrera me ofrecieron un trabajo en una productora, pero lo rechacé para hacer las pruebas de ingreso del máster de *El Día* con la Universidad Autónoma de Madrid. Entonces compartía piso con tres amigas, todas auditoras, absolutamente involucradas en aquella operación para entrar en el diario. Pronto se resignaron a tener en el salón una hemeroteca porque yo acumulaba periódicos y me costaba mucho —a veces varias semanas— desprenderme de ellos. El día de la entrevista personal, la última fase de las pruebas de ingreso, me pusieron una de esas camisas de marca y puños tiesos que habían planchado a conciencia para la ocasión. «Esto no es *El Día*», pensé cuando me miré en el espejo. Me puse encima una cazadora de cuero y atravesé la puerta del periódico hecha un flan, obligándome a controlar mi entusiasmo. Qué difícil es eso. Por primera vez se me ocurrió pensar que podría asustarlos, de la misma forma que, en las películas, los acosadores aterrorizan a sus víctimas cuando se les escapa un detalle que delata que llevan días espiándolas. Había semanas en las que yo enviaba tres cartas al director. O sea, era una acosadora de libro. Me prometí a mí misma negarlo todo si me descubrían. Afortunadamente, no hizo falta.

Cuando publicaron en el periódico la lista de admitidos, me di cuenta de hasta dónde llegaba esa pasión y cuánta gente la compartía conmigo. El diario no citaba los nombres de los alumnos, sino el número que cada uno teníamos asignado. El mío —no se me olvidará nunca— era el 241. No recuerdo haber comentado con nadie aquella cifra, pero debí de hacerlo, porque aquel día recibí felicitaciones desde distintos puntos de la península. Me escribió gente con la que había ido de campamento a los diez años, compañeros de facultad y, por supuesto, todos los implicados en la operación. Había escrito mi última carta al director.

Creo que nunca fui tan feliz como aquel año del máster. Recuerdo una vez que, tomando unas cañas al salir de clase, Ramón, uno de mis compañeros, sugirió que no nos habían puesto a «los mejores», que aquello debía de ser un cementerio de elefantes, «como el Senado», dijo, porque los buenos de verdad no tenían tiempo para nosotros. No era cierto. «Sacaluga —le respondí— ha sido corresponsal parlamentario la tira de años; Mesa lleva toda su vida haciendo tribunales; Torres es una experta en América Latina y ha hecho un trabajo espléndido en Chile y Argentina». Ramón estaba enfadado ese día porque Sacaluga había sido muy duro con él. No sé si lo habían hablado, si era un plan, algo deliberado, pero los profesores se repartían los papeles como los policías en los interrogatorios. Mesa era más blandito, se notaba que se esforzaba mucho para que las críticas, cuando tenía que hacérnoslas, no fueran muy duras. Berta lo imitaba muy bien: «A ver, no es que esté mal mal. Pero, si os fijáis, el desarrollo del titular está en el último párrafo. Debe ser al revés. El titular, es decir, lo más importante, al principio. Te pongo un cinco...». Torres era muy seria y exponía los errores de nuestros textos en la pizarra sin señalar nunca al autor. A Sacaluga, en cambio, le gustaba jugar a *Fama*, y digo jugar porque cuando después coincidí con él en la Redacción parecía otra persona. Si alguno de nosotros hacía algo mal, se enfadaba muchísimo y decía que no valíamos para esto. Luego se calmaba y con su voz grave, una voz que le servía para que cualquier cosa que decía sonara solemne —después averiguaríamos que también para ser un excelente contador de chistes, tipo Eugenio—, nos insistía de distintas maneras en lo importante que era que hiciéramos bien nuestro trabajo. «En algunas profesiones —nos explicó una vez— está tolerado el error. En otras no. El cirujano no puede equivocarse, porque un error en quirófano puede costarle la vida, la movilidad, el habla a un paciente. Un juez no puede equivocarse, porque eso supondría enviar a prisión a un inocente o dejar en la calle a un culpable. Vosotros, en algún momento, vais a tener en vuestras manos la reputación de alguien. Tampoco tenéis derecho a equivocaros». A todos se nos quedó grabado. Más de una vez varios compañeros acabaron llorando por una corrección suya. Por todo eso, cuando Sacaluga decía: «Bueno, no está mal», salías del aula volando.

Me contrataron un mes después de terminar el máster y fue uno de los días más felices de mi vida, pero aún me pongo colorada al recordar la conversación telefónica con Argüelles, entonces director adjunto, ahora corresponsal en Londres. Me llamó para darme la buena noticia y yo me quedé sin habla. Colgó después de varias incomodísimas pausas que me dejó —y no utilicé— para intervenir. «¡Muchas gracias!», grité cuando ya nadie me oía.

Durante mucho tiempo, me enfadé con el periódico como uno se enfada con la familia, y celebré los éxitos, las exclusivas... con el mismo orgullo con el que un padre coloca el diez de su hijo en la nevera. Como todas las pasiones, *El Día* me hacía disfrutar y sufrir. Quizá fue un error poner todos los huevos en la misma cesta, pero durante años sentí que estaba completamente llena. Sé que nadie lo entiende. Mis amigas no ven el problema del castigo de Gallizo —«Pero te pagan lo mismo que antes, ¿no?»—; y, aunque disimula, intuyo que tampoco el psicólogo comprende por qué lo que para él es un cambio laboral y un mal jefe para mí tiene tanta importancia. Dice que siempre me he escondido en el periódico, que no me he atrevido a vivir. Es difícil explicarle a la gente normal, no periodista, por qué este oficio es tan absorbente, por qué nos volvemos adictos. Te pagan por hacerlo, pero durante muchas horas de tu jornada laboral no sientes que estás trabajando. Los días buenos aprendes cosas nuevas. Los días malos se pasan buscando otra historia, el siguiente chute. Vives en un estado de alerta e insatisfacción casi permanente, lo que supongo que tiene que ver con el hecho de que tu trabajo sirve para envolver pescado o no pisar en lo mojado al día siguiente. Pero ese ritmo desquiciante, esa búsqueda continua, creo que, finalmente, es una forma de vivir más o de hacerlo más intensamente.

El periodismo favorece un contacto especial, extraordinario, con lo más interesante que nos vamos a encontrar: los demás. Tocando determinadas teclas, haciendo las preguntas adecuadas, a veces se abren cofres y aparecen tesoros; alguien puede hablarte de lo que no ha contado a nadie, concederte ese privilegio de escuchar por primera vez y permitirte, en un ejercicio de generosidad que nunca ha dejado de fascinarme, compartirlo con miles de personas para ayudarlos también a entender, a ponerse en el lugar de otro. El periodismo, tanto su producción como su consumo, es gimnasia para la empatía. Hacemos esto por las conversaciones, porque el mundo es mucho más que la americana cara y el chófer del coyuntural director de este periódico. Casi me caigo de espaldas la primera noche que vi salir de la rotativa un ejemplar de *El Día* con mi nombre impreso en tinta y siempre creí que mi vocación resistiría el tiempo que durara aquel hechizo. Cómo van a entender todo eso los profanos. Sí, yo creo en este oficio con la fe de los fanáticos. Para mí los quioscos son templos y los quiosqueros, héroes de la resistencia, artesanos de la materia prima del romanticismo, el papel. Sufro cuando los veo capitular, enterrarse entre imanes de flamencas, llaveros con la bandera de España, bufandas del Madrid. Y celebro como una victoria íntima, personal, cada vez que veo a uno de esos lectores obstinados acercarse y llevarse *El Día* sin tener que pedirlo siquiera. Hoy los vecinos no saben nuestro nombre —tampoco las abejas se reconocen en la colmena—, pero llegas al quiosco y el quiosquero tras el mostrador te saluda y te da, sin preguntar, lo que necesitas. ¿Cuánto cuesta en la vida real encontrar un cómplice así, que sepa lo que quieres antes de pedirlo? ¿Qué sentido tendría un día como el domingo, cuando ya sabes que has desperdiciado el sábado y tienes el lunes encima, si no fuera por esos tomos de papel y tinta, con sus suplementos, sus grandes despliegues, sus páginas extra de pasatiempos?

Colecciono quioscos y buzones, esas bellísimas torres amarillas donde imagino piezas de artesanía, cartas escritas a mano, grandes historias. Los dos son especies en peligro de extinción. Cada vez que veo uno, le hago una foto para intentar retenerlo. Muchos de ellos ya solo existen en esa carpeta de mi ordenador.

No supe explicarle todo esto al psicólogo ni antes a Gallizo, cuando me llamó a su despacho para decirme que lo estaba chantajeando por cogerme una excedencia. No supe explicarlo porque pienso mejor cuando escribo que cuando hablo.

—Esto es un chantaje intolerable, Belén.

—¿A qué te refieres?

—¿A qué viene la excedencia? ¿Qué pasa?, ¿que, como no te pongo en un sitio que te gusta, te largas para dejarme mal a mí? Eso se llama chantaje.

—Para chantajear hay que tener ganas de chantajear, que yo no tengo, y, sobre todo, capacidad, que tampoco. Yo soy una redactora, tú el director. Me cojo la excedencia por salud, porque, como te expliqué, me apasiona mi trabajo y no poder salir a la calle, no poder escribir, me estaba afectando mucho. Apenas duermo, Adolfo.

—¡Pues tendrás que ir al psiquiatra!

—Seguramente tienes razón. Pero irse seis meses a casa sin sueldo no es ningún chantaje. Y si me lo puedo permitir es porque llevo trabajando en esto desde que tenía veinte años. Entiendo que yo no decido mi puesto en el periódico, pero, sinceramente, no comprendo por qué no hemos podido llegar a un acuerdo. Me consta que varios jefes de distintas secciones te comentaron que les gustaría que escribiera para ellos.

—Mira, Belén, a ti no te contrataría nadie. Si lo que pretendes es ganar tiempo para buscar otro trabajo, ten eso muy claro.

Ya no dijo nada más. Salió de su propio despacho dando un portazo y me dejó allí dentro, temblando. La siguiente vez que nos vimos, la situación era muy distinta.

Gallizo llevaba años en el periódico, pero era un desconocido para gran parte de la Redacción porque antes de que lo nombraran director vivía en Miami. Se comentaban algunas historias turbias sobre los motivos por los que había terminado allí, pero no quisimos investigar demasiado, conscientes de que ese esfuerzo solo nos llevaría a la melancolía. Nadie recordaba algo que hubiera hecho en esa época; no éramos capaces de escoger un texto suyo sobre otro. Siempre ha habido dos clases de corresponsales: los currantes y los vagos. Había un problema con una niña musulmana a la que no dejaban entrar en su colegio francés con velo, por ejemplo; el corresponsal currante iba a entrevistar a la familia de la niña, al director del colegio, a la asociación de padres... mientras el vago se limitaba a reproducir lo que contaban los medios locales. Gallizo era de los segundos. Tenía cincuenta y seis años cuando lo nombraron director del periódico. Su aspecto era tan anodino como su trabajo: ni alto ni bajo; ni gordo ni delgado. No le quedaba pelo. Llevaba una de esas gafitas partidas que hacen clic al colocarlas sobre la nariz y se las ponía y quitaba constantemente, como un tic. Era fácil distraerse mientras hablaba, pero no solo por el jugueteo con las gafas, es que no decía nada interesante. Las frases quedaban a medio terminar, te perdías entre subordinadas, nunca sabías adónde quería llegar, cuál era la tesis..., y el cerebro, simplemente, desconectaba a la espera de algún estímulo mejor. Era profundamente inculto. Cuando moría algún personaje conocido y alguien preguntaba qué espacio se le iba a dar en la primera página, a menudo respondía cosas del tipo: «¿Primera? ¿Pero con quién ha empatado este?». Cuando se le explicaban los méritos del fallecido, su carrera, etc., decía que éramos «unos elitistas». Fue una de las señales de alerta que no supimos ver a tiempo; siempre hablaba de «los periodistas» en tercera persona.

Parecía más conservador que sus predecesores, pero eso no habría supuesto un problema si hubiera sido un buen profesional. Con un hijo de puta listo nos habríamos podido entender. Con un tonto de buen fondo también. El problema fue que pasó a gobernarnos la especie más letal de todas, una combinación fatal de mala persona e idiota. Siempre han sido los más peligrosos.

Daniel, el becario cuyo primer contrato indefinido como periodista fue nada menos que de director adjunto de uno de los diarios más importantes en español, se emborrachó de poder, como esos porteros de discoteca que una noche, en la puerta de un garito, ven la oportunidad de vengarse de las burlas en el colegio, el padre que nunca fue a verlo jugar al fútbol, las novias que lo dejaron tirado. Como era malo, en la beca le habían metido bastante caña al principio y, llegado un punto —el chico parecía demasiado soberbio para hacer caso a los consejos—, decidieron ignorarlo totalmente. Tuvo, además, la mala suerte de coincidir en la sección con otra becaria maravillosa, de las mejores que habíamos tenido, trabajadora, humilde y entusiasmada por estar allí.

Así que, cuando asumió el cargo, Daniel ejerció la revancha a discreción, sin pudor. Le gustaba montar pequeños numeritos en mitad de la Redacción. Salía de su despacho, se acercaba a la mesa de algún periodista y lo abroncaba a gritos, delante de todos. Era un espectáculo triste porque, mientras el abusón machacaba a uno de nuestros compañeros, el resto no levantaba los ojos de su pantalla, agradecido de que le hubiera tocado a otro, igual que el que entra en la discoteca sin mirar atrás, dejando a su amigo defendiendo sus zapatillas de deporte ante alguien que también está disfrutando, de repente, de más poder del que merece.

Rosa, la otra directora adjunta, apenas intervenía. Nunca supe bien cuál era su cometido. Daba la impresión de que estaba en el mundo exclusivamente para cogerle el abrigo a Gallizo, quien, por cierto, no la trataba nada bien.

Como ninguno de los tres tenía una sola fuente, a menudo nos pedían los teléfonos de políticos, empresarios... para organizar comidas con ellos. Nunca llevaban a los redactores que se los habían facilitado, pero recuerdo que varias veces, después de una de aquellas comidas, esas fuentes llamaban horrorizadas para preguntar: «¿Pero de dónde habéis sacado a estos?». Un político muy importante incluso les puso motes. Gallizo era Gargamel. Cuando iban los tres juntos los llamaba Los Pitufos. Era muy difícil, en aquellas conversaciones, no dejarse llevar y explicarles que no habían visto nada, que esa semana Gallizo había hecho tal barbaridad, pero eso habría hecho daño a *El Día* y, en el fondo, yo albergaba la esperanza de que aún nos podíamos salvar: «Ellos pasan, vosotros permanecéis...». Nunca les di más datos de los que ya tenían, pero las fuentes no son idiotas, leían el periódico y eran conscientes del desastre.

Cuando *El Día* cumplía treinta años y organizaron un gran acto en la antigua rotativa, fueron cuatro gatos. Toda la gente que importa en este país, los que solían acudir siempre a ese tipo de eventos del periódico, escogió cualquier otro plan para esa tarde y como Gallizo detestaba a la Redacción tampoco nos invitó. Las fotos resumían bien la decadencia del diario, lo irrelevantes que éramos de repente: ningún miembro del Gobierno, ningún cargo importante de la oposición, ningún personaje de la cultura o la sociedad civil. Solo Los Pitufos, algún diputado de medio pelo despistado, amiguetes de los que nadie sabía su nombre y los del catering. Normalmente ese tipo de actos los patrocinaban anunciantes habituales del periódico, pero esos también nos habían dejado de mirar hacía tiempo. Ya no éramos un buen escaparate.

El fiasco del aniversario enfureció a Gallizo, quien, por supuesto, nos echó la culpa. Convocó a toda la Redacción a las seis de la tarde del día siguiente. Subido a unos paquetes de DIN A-3 colocados previamente por Rosa en el suelo, proclamó que habíamos fracasado —nosotros, no él— en la organización del evento —al que ni siquiera nos había invitado—; dijo que si no había venido nadie relevante de la política, la cultura, los sindicatos... era porque despreciaban nuestro trabajo, y que no iba a permitir que destrozáramos la reputación del periódico. Estaba furioso y probablemente eso ayudó a que se creyera su propia mentira; era la Redacción y no su mediocridad, su incompetencia, sus venganzas y estúpidas normas lo que había acabado con el prestigio de *El Día*. No éramos, por supuesto, los responsables de lo que estaba ocurriendo, pero desde luego —y a esto le di muchas vueltas— sí éramos cooperadores necesarios. Si nos hubiéramos rebelado, si, cuando empezaron los desmanes, hubiésemos plantado cara de alguna manera, quizá habríamos conseguido pararlos. Pero no supimos defender lo nuestro y el tirano tomó la plaza sin apenas resistencia. Pienso a menudo en cómo habrían sido las cosas si, en lugar de reírnos con aquella ingenuidad temeraria de las barbaridades que observábamos cada día, del Naranjito hubiera salido una contraofensiva bien planteada. Pero habíamos tolerado demasiado. Y el pataleo también hay que ganárselo.

La mayoría de los periodistas que conozco tienen vidas desordenadas, pero no necesariamente porque ellos lo sean. No lo somos. Creo que es porque en otras profesiones el trabajo es lo que reparte el tiempo, lo que fija el antes y el después. *Antes* de presentarse en una oficina, por ejemplo, alguien puede salir a correr, y, *después*, ir a recoger a los niños al colegio o quedar a tomar una cerveza con un amigo, leer una novela, hacer la cena para uno o para varios, aburrirse o distraerse de la forma que más le apetezca. Cumplidos los deberes, empiezan o prosiguen los placeres, y eso es exactamente el orden, espacios para cada cosa. En nuestro caso y quizá también en algunos más que no conozco bien, pero que no me parecen la regla, sino las excepciones, no es así porque todo se mezcla, también el deber con el placer. Nos jactamos de no tener tiempo libre. Cuando uno de nosotros apaga el ordenador en la Redacción y se despide del resto, los que se quedan dicen, a modo de guasa: «Hoy media jornada, ¿no?». No importa que ya sea tarde, que en ese momento otros estén acostando a sus hijos y lleven horas sin pensar en lo que les ocurrió esa mañana en el trabajo. Cuando los demás ya han elegido, entre múltiples opciones, qué hacer antes de irse a dormir, el periodista se va a su casa o a tomar algo, pero incluso allí, *fuera*, sigue comportándose como si siguiera dentro, prolongando las conversaciones que ha tenido durante la jornada, anticipando las de la siguiente. No hay apenas pausas prolongadas más allá del sueño y, cuando las hay, como las vacaciones, a muchos nos abruma, de repente, eso, el tiempo. El cuerpo, acostumbrado a la adrenalina, tarda en adaptarse a la nueva situación y, cuando entiende que por fin puede parar, a menudo cae enfermo por la sencilla razón de que antes no podía. Tenemos vidas desordenadas, pero disciplina de atletas para esquivar resfriados cuando no convienen. Y una vez recuperados queremos hacer tantas cosas que la ansiedad acaba siendo paralizante. Hay que leer todos los libros que compramos por gusto y no sabemos por cuál empezar, así que no abrimos o terminamos ninguno. Hay que ver a todos los que nos reclaman y, por no saber elegir, terminamos en casa. Queremos vaciar armarios, donar ropa, ir al banco, hacer deporte, cocinar, comer bien, comprar lo que nos falta, ver esa exposición que apuntamos hace meses... y somos incapaces de organizarnos cuando más fácil debería de ser. Las vacaciones se agotan sin que hayamos aprendido a manejarnos sin la tensión, los plazos de entrega, las responsabilidades del resto del año, y vuelves a la Redacción con la frustración de no haber aprovechado el tiempo, de no saber, en realidad, qué hacer con él.

Somos desordenados porque funcionamos al revés; el trabajo suele ser nuestra fuente principal de preocupaciones, de satisfacciones, de disgustos. Para que haya verano, antes hay primavera, otoño e invierno, pero los meses de calor, en un periódico, se sobrellevan con lo que llamamos «nevera»: reportajes, entrevistas, contenidos que dejamos hechos con antelación. Solo hay dos días al año en los que el periódico no sale a la calle —Navidad y Sábado Santo—, e incluso ahí hay un retén de periodistas trabajando porque es necesario seguir alimentando la web y preparar el día siguiente. Se llaman diarios, pero los hacen personas que trabajan a varias velocidades a la vez: la última hora, el presente rabioso, el futuro inmediato y el futuro en el que todavía nadie está pensando. Tiene que ver con que los buenos textos han de responder siempre a esas dos preguntas: «por qué» y «a partir de ahora qué».

Uno de esos buenos analistas era Tomás Peralta. Tenía cincuenta y muchos, quizá sesenta y pocos, y se había especializado en Defensa y Asuntos Exteriores. Sobre su mesa había construido una especie de trinchera de papeles. Los demás apenas le veíamos los ojos asomar por encima de aquella montaña. Hace unos años, extraje del *saco* de abajo, como los magos que levantan el mantel dejando intactos los platos, copas y cubiertos, uno de esos papeles. Era un teletipo viejo, el papel amarilleaba. «Peralta, ¿por qué guardas un teletipo de la Agencia EFE del año de la pera que dice: "España y Estados Unidos se comprometen a crear 1.500 puestos de trabajo directos e indirectos"? Me miró por encima de la trinchera, sonrió y dijo: «Porque habla de un acuerdo a veinte años y aún no se ha cumplido. Cuando termine el año, escribiré: "De los 1.500 puestos de trabajo prometidos, directos e indirectos, solo se han creado 200"». Desde aquel día, jugábamos a eso. De vez en cuando yo extraía un papel al azar del montón, le leía el encabezamiento y lo retaba a darme una explicación convincente de por qué lo había guardado tanto tiempo. Peralta siempre tenía una razón. Cuando le decía que para eso ya tenía Google, respondía, siempre sonriendo: «Ya, pero puede que al señor Google no le interese recordar lo mismo que a mí».

Un día, en una de sus habituales rabietas, Gallizo salió del despacho y al pasar por las mesas de los redactores, repletas de cuadernos, tazas de café..., gritó: «¡Tenéis esto hecho un asco!». Al día siguiente, Mercedes nos envió otro e-mail para informarnos de que, por orden de la dirección, quedaba terminantemente prohibido acumular papeles en los puestos de trabajo y se había dado orden al equipo de limpieza de retirar todo lo que hubiera sobre las mesas cuando hacían el suyo, de madrugada. Pensé que estábamos definitivamente perdidos cuando vi a Peralta recoger dócilmente su trinchera y deshacerse del material con el que elaboraba sus textos: la asociación de ideas, las promesas incumplidas, las contradicciones de ministros y diplomáticos a lo largo de los años, la precisión. Me acerqué a su mesa y puse la mano en lo que quedaba por recoger de la montaña de papeles, tratando de detenerlo.

—¿Siempre has llevado pajarita?

—Siempre.

Se levantó de la silla, me dio un abrazo y me dijo: «Solo son papeles, Belén. Lo tengo todo en la cabeza».

Peralta recogía. Todos recogían. Fui hasta mi mesa, tiré casi todo, salvo una carpeta en la que en algún momento había escrito «Historias pendientes». La metí en una bolsa y me fui. Al llegar a casa, revisándola, supe a qué me iba a dedicar los siguientes seis meses. Esa noche dormí del tirón. Fue a la mañana siguiente cuando pedí la excedencia.

«Perdonen si cometo algún error, pero hace años que no hablo mi propio idioma». Así empezaba la carta que Lorenzo Canales envió en 2010 a la Asociación Memoria y Justicia.

Me vine a Francia mucho antes de que ustedes llegaran a este mundo, al principio de la guerra en España. Las personas con las que podría hablar en mi lengua hace tiempo que ya no están. He tenido la desgracia de sobrevivir a toda la gente que quiero y estoy convencido de que la única razón por la que sigo vivo es el motivo por el cual les escribo ahora, en este torpe castellano. Lloré como un niño viendo en la televisión un reportaje sobre el trabajo que hacen, la delicadeza con la que tratan los huesos, limpiándolos con esa especie de pincel, y la gratitud de los vivos al recibir los restos para darles un entierro digno. Nunca he visto algo más emocionante y siempre he querido eso, exactamente eso, para diez vecinos de mi pueblo, incluido el amor de mi vida. Tengo noventa y siete años y no ha habido un día que no haya pensado en ella: Matilde.

Fueron fusilados poco antes de que yo huyera de Cuevas. Los dejé allí, tirados en una fosa, pero aún me visitan por las noches, cuando duermo y también cuando no puedo dormir. Me pesan sus nombres, sus edades, saber qué cosas les gustaban, cómo se llamaban sus padres... Eran, al contrario que yo, personas honradas, inocentes. Y eso debe saberse. Todo debe salir a la luz. Por eso le pedí a la única persona con la que he hablado este año, Luc, un vecino joven, atento, que timbra en mi puerta cuando va a salir a

> la calle para preguntarme si necesito algo, que me buscara su dirección. Necesito que abran la fosa donde fueron arrojados para poder enterrarlos luego en un lugar distinto al que eligieron sus asesinos. Les cedo todos mis ahorros para sufragar esa noble misión. He intentado localizar a sus familiares, pero no lo he conseguido. Quizá solo quedo yo, un viejo que olvidó su propio idioma, que traicionó a su país y a sus paisanos y que necesita que lean esto para poder morirse en paz.

Jaime, el presidente de la asociación, me había enseñado la carta después de un acto de entrega de restos a los familiares de las víctimas arrojadas en otra fosa común en un pueblo llamado Lerma.

—Caray. Vais a ayudarlo, ¿no?

—No podemos.

—¿Cómo que no podéis?

—Hemos llamado millones de veces al teléfono que nos facilitó, pero nada. Creemos que ha muerto. Era muy mayor.

—Noventa y siete.

—Noventa y siete.

—¿Y no vais a hacer nada más?

—Enseñarte la carta. Confiar en tu curiosidad. Estamos hasta arriba de peticiones y no tenemos dinero para enviar a alguien a Francia a tratar de localizar a este señor. Quizá tu periódico...

Mi periódico había sido secuestrado, pero eso no se lo dije. Gallizo acababa de llegar. Todavía no me había castigado, pero, cuando le propuse a mi jefe que me dejara unos días para ir a Francia a tratar de localizar a Lorenzo, me dijo:

«Me ha caído una bronca por el reportaje del acto de entrega de restos. Este tema no les gusta nada, Belén. Lo siento». Enfurecí. Le eché un discursito sobre la autocensura. Lo convencí. Al día siguiente, el cabreado era él: «Bueno, pues ya estoy oficialmente en la lista negra del director. Muchas gracias». Gallizo le había montado un cristo, según me dijo, por dejarse embaucar por la periodista necrófila, o sea, yo. «No quiero ver una fosa más de la guerra en este periódico» fue la frase con la que lo echó del despacho.

Llamé, con pocas esperanzas, al corresponsal en París para pedirle que se acercara a la casa de Lorenzo. Le dije que, si no lo localizaba, preguntara por Luc, el vecino que solía ayudarlo. Pero Gallizo había renovado toda la red de corresponsales a su imagen y semejanza. En la capital de Francia ya no teníamos al periodista que iba a entrevistar a la niña del velo, a sus padres, al director del centro, a la asociación de padres, al bedel y al ministro de Educación si hacía falta. Teníamos a un vago que fusilaba el trabajo de los medios locales. No movió un dedo. Durante varios días, llamé esporádicamente al teléfono que Lorenzo había adjuntado en la carta. También le escribí, pensando que quizá, siendo tan mayor, no oía las llamadas. Nadie respondió y yo me olvidé del asunto hasta aquella mañana en la que vi a Peralta recoger su trinchera de papeles y en una de mis carpetas apareció la fotocopia de la carta del anciano que pedía ayuda para morirse en paz.

Cuevas es muy pequeño. Según el INE, solo residen en el pueblo ciento cincuenta personas, que probablemente ahora sean menos. Pertenece a eso que hemos llamado la España vacía, aunque lo correcto sería decir vaciada. Ninguno de sus habitantes se cruza conmigo en los veinte minutos escasos que tardo en recorrerlo entero. La mayoría de las casas están claramente abandonadas desde hace años. En otras, el único signo de vida son los carteles de SE VENDE. Pienso si no me habré equivocado al empezar aquí en lugar de ir a Francia a buscar a Lorenzo. Me digo que no, que los detectives siempre visitan primero el lugar del crimen, pero en el fondo sé que si no he ido antes a París es porque me da miedo comprobar que ya no hay historia, que mi endeble plan de supervivencia hace agua: «Ah, sí, pobre Lorenzo. Murió hace un mes...». De todos modos, sigo llamando a ese teléfono todos los días.

Pese a la escasa demanda, en ese primer paseo en Cuevas compruebo que están cubiertos los vicios elementales: hay ayuntamiento, iglesia y bar. Escojo el tercero para poder escuchar alguna conversación espontánea, para observar a sus habitantes como son, no como aparentan o quisieran ser. Pido un café y algo dulce. «Acabo de sacar del horno un bizcocho riquísimo que hago yo misma. ¿Le hace?». «Claro que me hace». La mujer, que parece algo mayor para estar detrás de una barra, se marcha contentísima. Me recuerda a mi abuela Fina y esa cara de felicidad máxima que ponía cuando alguien le decía que quería repetir, como si le estuviesen pidiendo matrimonio con un anillo de diamantes. Se pasó la vida cocinando, preparando platos y postres, algunos inventados por ella misma, porque estaba convencida de que no había pegamento familiar más potente que la comida ni problema que no pudiera solucionarse con un buen cocido, y, si la cosa era grave, con unos chupitos de licor café. El bar se llama Eloísa y es bonito. Tiene una barra de mármol, del mismo material que las mesas, y es bastante grande; pienso que los ciento cincuenta vecinos de Cuevas cabrían allí dentro. La mujer vuelve con el café, el bizcocho y una pregunta:

—¿Ha venido a ver a algún familiar?

—No. Vivo en Madrid. Mi familia está repartida entre Asturias y Galicia. ¿Conoce algún sitio por aquí cerca donde me pueda quedar a dormir? He venido un poco a la aventura.

—Ah, verá, aquí no hay hotel ni nada de eso. Esto es muy pequeño, pero sé que Amparo, la hija de Jacinto, ha alquilado a veces un cuarto en su casa cuando hay algún entierro y viene alguien de fuera.

—No he visto a nadie en la calle. El pueblo de mi padre, en Asturias, es parecido; los vecinos solo se ven en los entierros.

—Sí. Hace siglos que don Manuel, el cura, no casa a una pareja o bautiza a un crío. Aquí la gente ya solo viene a despedirse. ¿Y no se aburrirá, siendo tan joven, en este pueblo de viejos?

—No creo. La gente mayor es mi favorita. Y seguro que es la que más me puede ayudar. Me gustaría escribir sobre algo que ocurrió aquí hace tiempo.

—¿Es usted escritora?

—Periodista.

—Ah, periodista. Aquí hubo un periódico hace mucho, *El Ruedo*. Dejó de salir con la guerra.

—¡Anda!

—Mi padre era muy amigo de su director, pero ya murieron los dos, claro. Qué pena que no viniera hace unos años. Su hijo, Topete, organizó una exposición en el ayuntamiento con fotografías antiguas. Seguro que le habría gustado. Salía mucha gente que… bueno, que ya no está.

—Me encantaría conocerlo.

—Si espera un poco, seguro que lo ve. Viene todos los días a la una a comer.

—¿Es usted Eloísa?

—Nooo. El nombre del bar es por mi madre, que en paz descanse. Yo me llamo Lucía. Lo llevo sola desde hace unos años. Mi marido, Pepón, me ayudaba mucho. Tenía que verlo, había gente que venía al bar solo para hablar con él. Pero ahora está muy malito el pobre y ni siquiera yo puedo con él.

—Vaya, cuánto lo siento. ¿Y tiene a alguien que la ayude?

—María, otra señora del pueblo, me lo cuida mientras yo estoy aquí. Y pensará que por qué estoy aquí, siendo tan mayor, en lugar de estar con él, ¿no? La verdad es que estuve a punto de cerrar y hacer eso. Pero no quiero ser su cuidadora. Quiero seguir siendo su mujer, ¿entiende?

—Perfectamente. Lucía, este bizcocho está increíble. Yo me llamo Belén.

Me dedicó otra sonrisa de Fina, de oreja a oreja, y se fue a atender a un hombre que acababa de entrar en el bar. Le pregunté con la mirada si era Topete y me negó con la cabeza. Bueno, había un antiguo periódico, es decir, algo de hemeroteca; una especie de pensión y un bizcocho espectacular que había hecho una mujer interesante que regalaba frases maravillosas como «aquí la gente ya solo viene a despedirse». No estaba nada mal para empezar.

Hacía meses que no me sentía tan bien.

Le pregunté a Lucía si se tomaba un café conmigo mientras esperábamos a Topete y se rio mucho, como si le hubiera propuesto algo extravagante, pero fue a la barra, se hizo un té para ella y se sentó a mi lado.

—¿Conoce la Asociación Memoria y Justicia?

—Los de las fosas de la guerra, ¿no?

—Eso es. Hace un tiempo recibieron una carta de un vecino del pueblo, Lorenzo Canales, ¿le suena?

A Lucía le cambió la cara, se le congeló la sonrisa.

—Sí. Algo de él he oído.

—En la carta, Lorenzo explicaba que durante la guerra habían matado a diez vecinos de su pueblo y que le gustaría que buscasen y abriesen la fosa para darles un entierro digno. Decía que había intentado localizar a los familiares de las víctimas, pero que no había recibido respuesta. A mí me gustaría mucho saber quiénes eran, averiguar qué ocurrió exactamente con ellos, contar su historia. ¿Usted podría ayudarme? ¿Sabe qué pasó con sus familias? Tiene que quedar alguien.

—Bueno, Belén, si vamos a hablar de esto, nos tuteamos. ¿Puedo preguntar yo también?

—Claro.

—¿Entonces Lorenzo sigue vivo?

—No lo sabemos. Es probable que no porque en su carta decía que tenía noventa y siete años y desde entonces no hemos sido capaces de contactar con él. ¿Sabes algo de él, de por qué se marchó?

—No. Él se fue mucho antes de que yo naciera. Pero se decían cosas.

—¿Qué clase de cosas?

—Uy, ese que acaba de entrar es Topete. Dame unos minutos y te lo preparo para que hable contigo. Es un pedazo de pan, pero muy nervioso.

Topete y Lucía, a la que ya quería con todas mis fuerzas, cuchichearon un rato en la barra. Él me miró varias veces con cara de susto mientras escuchaba a Lucía y le sonreí. Para no asustarlo más, esperé a que se acercara él a mí. Tenía un aspecto curioso, de científico loco, con el pelo blanco, muy abundante, como si una nube se hubiera instalado sobre su cabeza. Por fin se acercó:

—Buenos días. Soy Pedro Buendía, aunque todos me llaman Topete.

—¡Ah! Como su padre, ¿no?

—Sí. Topete era el pseudónimo con el que mi padre firmaba en *El Ruedo*. Me dice Lucía que quería hablar conmigo.

—Me encantaría. ¿Me deja invitarle a un café y un bizcocho?

—No.

—Prometo robarle poco tiempo. —Siempre hay que decir eso, aunque sea mentira.

—No es por eso. Es que mi padre se enfadaría mucho si se enterase de que me he dejado invitar por una mujer mucho más joven que yo, que ya llevo tiempo jubilado, y, además, colega.

—¿Usted también es periodista?

—Eso es lo que le habría gustado a Topete, pero a mí no me llamaba nada su profesión, no se ofenda. Fui maestro mientras hubo niños. Luego me fui unos años a la capital, para seguir dando clases, y al jubilarme decidí volver.

—¿Suelen volver los que se van?

—¡Qué va! Ya habrá visto que este pueblo no es la alegría de la huerta. Quedamos muy poquitos. Yo volví porque quería organizar el archivo de mi padre.

—¿Del periódico?

—Sí. Si ha venido a buscar cosas del pasado, seguro que hay algo ahí dentro que le puede interesar.

—Me encantaría verlo.

—¿Se va a quedar muchos días?

—Depende de ustedes. De lo que me cuenten —dije poniendo mi mejor cara de periodista inofensiva.

—Algo me ha dicho Lucía. No va a ser fácil. Aquí nunca nos contamos lo que pasó.

—¿Por qué cree que ocurre eso?

—Bueno, supongo que durante un tiempo la razón era el miedo a que volviera a pasar. Ahora no sabría decirle. Ni siquiera mi padre me lo contó. Cuando le hacía preguntas sobre esos años, me decía: «Ya lo leerás». Él no dejó de escribir, de documentar lo que veía, aunque ya no tuviera un periódico donde publicarlo. De hecho, nos dimos cuenta de que estaba enfermo el día que empezó a comportarse como si *El Ruedo* no hubiera dejado de imprimirse hacía años. Nos encargaba artículos a todos, en casa, por la calle... Pedía que escribiéramos sobre las protestas de los resineros de 1934, la feria de ganado del 35, las elecciones del 36... Nos echaba broncas por entregar tarde. Gritaba: «¡Otra vez al cierre de la edición! ¡Me vais a matar!». Le seguíamos el juego porque, si no, se enfadaba aún más. No recordaba su propio nombre ni los nuestros, pero sí que era periodista. Curioso, ¿no?

Topete padre era una sirena. Lo imaginé angustiado tratando de regresar al mar después de haber olvidado el camino de vuelta.

2

La Manada Azul

La casa parece grande por fuera. Lo es todavía más por dentro. Hoy, mi primer día en Cuevas, Topete no me la enseña entera, pero incluso en lo que veo —la entrada, el salón, un poco de la cocina...— se aprecia perfectamente la parte que se usa y todo lo que no. Me pregunto si es por respeto a quien ocupaba esos espacios, al Topete original, su padre, o si es una decisión más práctica, para no ensuciar, para no estropear y no tener que limpiar o arreglar. El sillón, la mesa del comedor, lo que parece un aparador y algunos bultos más están cubiertos con telas blancas, como si el propietario no viviera allí o como si estuviera a punto de marcharse por una larga temporada. No tiene nada que ver vivir en una casa grande en la que solo has estado tú que hacerlo en una que un día estuvo llena de gente. No es lo mismo nacer ciego que quedarse ciego. Las paredes de los que han vivido acompañados siempre pesan más porque los espacios libres ya no son una decisión, sino testigos de las ausencias, recordatorios permanentes de los que ya no están. Probablemente por eso Topete coma todos los días con Lucía en el bar. Como si me leyera el pensamiento, dice:

—Lo tengo así porque es demasiado espacio para uno solo, para no estropear nada.

—¿Cuántos llegasteis a ser?

—¿A vivir aquí, te refieres? Pues mis padres, mi hermana Blanca y mi hermano Luis. Cinco. Miento, cuando éramos pequeños vivían con nosotros nuestros abuelos paternos. Bueno, más bien nosotros con ellos. O sea, siete. Fíjate, de siete a uno.

Le dejo pensar en los siete. No le pregunto dónde están ahora sus hermanos. Abro un hueco, en esa casa llena de ellos, para ver si él lo cuenta. Pero no lo hace. Ya habrá tiempo.

—Aquí al fondo, en esta parte del salón que mi padre usaba como despacho —la mesa también está cubierta con una tela blanca— lo tengo todo. Estas cajas son de la exposición fotográfica que hicimos hace unos años en el ayuntamiento y esta otra la de los diarios de Topete. Seguro que ahí encontramos cosas que te sirvan.

Me apunto mentalmente que cuando habla de su padre como periodista no dice «mi padre», sino «Topete». Imagino a cuál de esos dos demandantes trabajos dedicó más tiempo.

—¿Por dónde crees que deberíamos empezar?

—Quizá podemos abrir primero los diarios de Topete, y, cuando hable de algún vecino en concreto, te busco si tenemos foto suya.

—Perfecto, Sherlock.

Topete sonríe. Yo también. Ya somos un equipo.

—Mira, creo que empieza aquí:

4 de septiembre de 1936

Cuando alguien venga a preguntárnoslo, diremos, con rigor, que la locura llegó a Cuevas, exactamente, el 4 de septiembre, un día muy largo que no se ha acabado aún. Cuando me digan: «Topete, ¿pero cómo empezó?», les recordaré que un grupo de salvajes vino buscando justo lo que no podíamos entregarles, a nuestros hijos, nuestros hermanos, nuestros paisanos. De una patada en cada puerta sacaron de sus casas a familias enteras que ya no volvieron a serlo. Aquí se llevaron detenido a uno; allí a dos...

Nosotros los habíamos visto crecer, cantar y bailar en las fiestas del pueblo; buscar un trabajo, enamorarse, casarse, tener un crío y entonces desear mejorar ellos mismos y también lo que había a su alrededor, y meterse en algún sindicato, en algún partido... Nuestro alcalde es carpintero. Su mano derecha, jornalero. Y la política en este pueblo consistía, las más de las veces, en tratar de anticiparse: a lo malo, para que doliera menos, y a lo bueno, para disfrutarlo más. Eso pensábamos. ¿Cómo íbamos a saber que aquello era pecado y la guerra, una cruzada? Cuando salí de casa para ver al alcalde, ya habían detenido a cinco más. Fui entonces al bar de Miguel y Eloísa, a buscar ideas y consuelo, pero también ha dejado de ser nuestro. Se ha convertido en cuartel provisional de la Falange o algo parecido. Desde la puerta, mi amigo me dijo con la mirada: «No entres». Y no entré. Oí algunos ruidos desagradables, pero no tanto como los que me perdí, los que me contaron después.

La Manada Azul celebraba las detenciones, se jactaba de los golpes que habían dado por el camino. Nunca los habíamos visto por el pueblo. Dicen que vienen de Arévalo, de Fontiveros... Agotaron las existencias, pero no pagaron una sola consumición. Miguel les acercó un papelito con lo que debían, les dijo que iba a cerrar, les pidió que se marcharan. Como si oyeran llover.

Al principio no la vieron. Ese día, Eloísa se había quedado en cama porque la noche anterior había tenido uno de sus ataques de asma. Cuando se asomó a ver qué pasaba, Miguel, como a mí, le pidió con la mirada que no entrara. Pero ya la habían visto. Ya se habían aburrido. Querían que fuera ella quien los atendiera.

—Mi mujer no se encuentra bien. Ha subido a descansar.

—Que baje.

—No va a bajar. Yo les atiendo.

—Que baje.

Con un movimiento del mentón, uno de ellos —luego aprenderíamos que lo llamaban el Lobo— puso en pie al resto de la manada. Otro se colocó al final de la barra, impidiendo que Miguel saliera, y los demás entraron en la casa. Eloísa, que lo había oído todo, se había encerrado en un cuarto. Eso los enfureció aún más. Aporrearon la puerta, pero la mujer, aterrorizada, no abría. Hasta que oyó lo siguiente:

—O abres, o le damos una paliza a tu marido por tenerte tan consentida.

Eloísa abrió. La cogieron de los pelos y la llevaron así, arrastrada, hasta la barra. Miguel, el hombre al que nunca habíamos visto llorar, lloraba. La Manada pidió más vino y queso. Él fue a sacar las botellas.

—Tú no, ella.

Hasta ahí me contaron y hasta aquí puedo contarles de lo que ocurrió en el bar de Eloísa y Miguel. Ojalá terminase ahí todo, en un mal rato. La impresión de este periodista es que no fue así.

—Uf. ¿Tú lo habías leído?

—Hasta ahora no. He tenido algún achaque de salud.

—Vaya. ¿Y ya te encuentras mejor?

—Sí, mucho mejor. Gracias.

—Es impresionante este documento. Leer a tu padre es como estar allí. Eloísa y Miguel son los padres de Lucía, ¿verdad? ¿Crees que ella sabrá algo de esto?

—Es probable que no.

—¿Tú qué crees que pasó?

—Lo peor. Voy a buscarte su foto.

Topete revuelve en la otra caja. «¡Aquí están!». No es un posado. Da la impresión de que accedieron a regañadientes a que les hicieran la fotografía o que les faltó energía para negarse. Miguel está delante de las botellas y mira a Eloísa, sentada al final de la barra. En las mesas, los clientes son unas sombras borrosas, al fotógrafo no le interesaban. La escena principal son ellos dos, separados por la distancia más grande que permite el espacio: Miguel de pie, expectante, operativo; ella quieta, ida... No parece que antes de tomarse aquella imagen hubiera servido café o vino alguno. También parece mucho mayor que su marido.

—¿Quién hizo la fotografía?

—Todas las de la exposición son de Chinto. Era uno de esos fotógrafos ambulantes que acudían a las ferias y las fiestas de los pueblos para retratar a familias ante paneles que simulaban ciudades o paisajes exóticos y cosas así, hasta que mi padre lo fichó para el periódico y empezó a hacerle otro tipo de encargos. Todas las fotos tienen, por detrás, una fecha y un título. Mira: «Cuevas, 12 de octubre de 1943. ¿En qué piensa Eloísa?». Su hijo Nacho las cedió al ayuntamiento para la exposición hace unos años y las guardamos allí hasta que entró un nuevo alcalde y nos pidió que las retirásemos porque necesitaban el espacio, aunque desde entonces, que yo sepa, no lo ha ocupado con ninguna otra actividad. Llamé a Nacho para devolvérselas, pero me dijo que prefería que se quedasen aquí, junto al archivo de mi padre.

—Iremos a verlo. ¿Te parece?

—Claro.

—¿Seguimos?

—Seguimos.

10 de septiembre de 1936

El bar se ha convertido en cuartel de la Falange y el pueblo se ha hecho cárcel. Vivimos encerrados, apenas salimos de casa, para evitar que nos miren, que reparen en nuestra existencia y decidan, en ese instante, reventarla de alguna manera. Estos días hemos aprendido que hay muchas formas de hacerlo. Muchas más de las que imaginábamos.

Tienen una lista. La han puesto en la puerta del bar de Eloísa. Seis nombres, seis vecinos que no encontraron en casa cuando los fueron a buscar. La nota dice que deben presentarse inmediatamente en el ayuntamiento y que quien los oculte pagará las consecuencias. Naturalmente, los conozco a todos y deseo con todas mis fuerzas que estén lejos, muy lejos de aquí. Qué mal les habrán hecho. Hay varios jornaleros, un maestro, un hojalatero... Y entonces pienso cómo habrán acabado esos seis hombres en la lista, quién les habrá facilitado sus nombres completos, qué oscuro motivo los habrá llevado a hacerlo. Hasta hoy temíamos a la Manada. Ahora también nosotros nos damos miedo. Qué desagradable cruzarse con un vecino y pensar: «¿Será él el delator?». O leer en su cara: «¿Habrá sido Topete?».

—En su carta, Lorenzo decía que había traicionado a sus vecinos, pero no explicaba cómo.

—¿Crees que fue él quien facilitó los nombres?

—No lo sé.

En ese momento sonó la alarma de mi teléfono.

—¿Tienes que irte?

—No. Me pongo la alarma, cada día a una hora diferente, para acordarme de llamar a Lorenzo.

—Ah, pensé que había muerto.

—Es lo más probable. Tenía noventa y siete cuando envió la carta a la asociación y desde entonces no hemos conseguido localizarlo, pero yo lo sigo intentando, por si acaso.

—Sois muy cabezones.

—¿Quiénes?

—Los periodistas, claro.

Ese día, a las cinco de la tarde, Lorenzo tampoco contestó.

—¿Y de Lorenzo hay foto?

—No recuerdo que pusiéramos ninguna suya en la exposición. Por lo que tengo entendido, se fue del pueblo antes de que terminara la guerra, pero quizá algún vecino o el hijo de Chinto tenga alguna en la que salga él. Mi padre hablaba muy bien del suyo, Damián. Había heredado muchas tierras y mucha gente de Cuevas trabajaba para él.

—Tu padre habla de una lista de seis hombres, pero Lorenzo hablaba de diez e incluía a una mujer, Matilde.

—Es que me parece que hubo varios grupos. Detuvieron a muchos vecinos, al principio los metían en el ayuntamiento, que se convirtió en una especie de cárcel, y de vez en cuando iban los salvajes a buscarlos y se llevaban a los que querían.

—Para matarlos.

—Para matarlos o para llevárselos a una cárcel de verdad. Algunos de ellos tuvieron hasta un juicio y los condenaron a muerte o a un montón de años de prisión. De otros nunca más se supo.

—Seguro que tu padre nos puede ayudar a saber. ¿Quieres seguir leyendo tú?

—No, prefiero que continúes tú.

18 de septiembre de 1936

Luisín, el hijo de Ramón, se negó a levantar el brazo cuando se lo pidieron. La Manada se bajó entonces de la camioneta, empezó a empujarlo, pasándoselo de uno a otro como si fuera una pelota mientras le daban collejas. «Pues te vienes con nosotros». Lo subieron a la parte trasera, lo llevaron al monte y allí simularon que lo iban a fusilar. Se colocaron todos en fila, eran seis o siete..., le apuntaron con el arma y le preguntaron si quería decir unas últimas palabras. Luisín, aterrorizado, se orinó encima y así, muerto de miedo y de vergüenza, volvió caminando a casa después de que el jefe de la Manada dijera: «La próxima vez que te veamos, ya sabes cómo debes saludarnos» o algo parecido, antes de que los demás se subieran, probablemente decepcionados, a la camioneta. Nadie ha vuelto a verlo. Ramón, que fue quien me contó el episodio, no quiso decirme dónde o cómo está su hijo. Luisín tiene trece años. Esa es la edad a la que le hicieron creer que iba a morir. Su madre me ha dicho: «Las balas no lo querían».

—Luisín vive.

—¿Aquí en el pueblo?

—Sí.

—Me gustaría mucho conocerlo, hablar con él. ¿Me acompañarías?

—Claro. Y de Luisín y Ramón creo que tenemos foto. Voy a buscarla.

Chinto es, efectivamente, mucho más que un fotógrafo ambulante. Topete padre tuvo buen ojo al contratarlo. Sabe perfectamente lo que quiere mostrar cuando lo tiene delante. Esta vez, el retrato es de diciembre de 1939. Luisín tiene entonces dieciséis años, pero parece un adulto, un hombre que ya ha vuelto de muchos sitios. Es él quien agarra con uno de los brazos el hombro de su padre, el que lo abarca, como intentando protegerlo. La postura contrasta con su expresión: la barbilla hacia arriba, como en un desfile militar, la mandíbula bien apretada, marcando todos los huesos de la cara; la mirada dura, desafiante. A Ramón no le vemos los ojos. Mira al suelo. En el dorso de la fotografía se lee: «Cuevas, 12 de diciembre de 1939. Hijo y padre. Luis y Ramón Torres».

—¿Chinto vivía aquí?

—No.

—Es que da la impresión de que conocía muy bien a la gente de Cuevas.

—Tuvo una novia del pueblo, Nieves.

—¿Mucho tiempo?

—No lo sé. Ella murió soltera. Está enterrada en el cementerio.

25 de septiembre de 1936

Los seis de la lista siguen sin aparecer y la Manada ha cumplido su promesa. Después de interrogar casa por casa a las mujeres para que dijeran dónde están los hombres que faltaban, torturándolas, obligándolas a beber aceite de ricino, les han rapado la cabeza, todo salvo un mechón, les han colgado un cartel que dice: «Por rojas y por putas» y las han paseado así por todo el pueblo hasta llegar a la plaza, convertida en un escenario medieval, como de tortura de brujas. Donde no encontraron a la esposa, se llevaron a la madre y donde no hallaron a la madre, a la hermana. Seis mujeres de entre diecisiete y cincuenta y cinco años, nuestras vecinas, caminan sin pelo delante de la Manada, que las dirige como si fueran ganado. Detrás de la macabra comitiva corren varios niños, llorando, gritando que dejen en paz a sus mamás. Cuando Merche trata de acercarse para tranquilizar a su hijo y pedirle que se vayan todos corriendo a casa, la paran de un culatazo. El niño, que se llama José, como su padre, y tiene ocho años, experimenta, por primera vez en su vida, las ganas de matar y se abalanza sobre el hombre que ha agredido a su madre. Miguel sale entonces escopetado del bar, coge al pequeño al vuelo y pide a los demás que le sigan. Eloísa trata de consolarlos. Todos los que estamos allí lo intentamos. Alguien prueba a engañarlos y dice: «¡No os preocupéis! Están ensayando

> para la obra de teatro». Fuera, en la plaza, siguen pasando cosas horribles, pero no nos atrevemos a mirar. María, la hija de Concha, de diez años, me pide algo difícil: «Dime la verdad». Y yo se la digo: «No es un ensayo, pero es una prueba. Y tu madre ha demostrado que es una mujer valiente, mucho, más que ninguno, y va a protegerte a ti y a tu padre y a todo el pueblo. Tenemos que hacer todo lo que nos diga para que todo esto que nos está pasando deje de ser verdad». La niña y yo lloramos juntos.

Topete y yo dejamos de leer. Necesitamos una pausa.

—Hace unos años hice un reportaje sobre esto, los castigos que sufrieron las mujeres durante la guerra y la dictadura por ser hijas, hermanas, esposas de republicanos. Las violaban, les rapaban la cabeza, las humillaban...

—Nunca había oído hablar de esto en el pueblo.

—Es que muy pocas lo contaron. Callaron por vergüenza, para sobrevivir, para proteger a los suyos de ese dolor. Y, cuando despertó el movimiento de recuperación de la memoria histórica, se empezaron a abrir las fosas y el pasado empezó a subir a la superficie, esas mujeres decidieron hablar de sus maridos, de sus héroes, casi nunca de su sacrificio personal. Así que todo ese sufrimiento quedó sin medir. En Herencia, un pueblo de Ciudad Real, una madrugada de 1945 detuvieron a dos primas de diecisiete y diecinueve años y a su tía, de treinta y ocho, por dedicarse al estraperlo. Se abalanzaron sobre ellas. Uno de los agresores se quejó a los demás porque le había tocado «la vieja» y pactaron que la próxima vez le dejarían elegir el primero. Imagínate. Y mientras ellas oyéndolo todo.

—Qué hijos de puta.

—Sí. Otras mujeres lo contaban con eufemismos. Hablaban de «levantarse el mandil»... Queipo de Llano había alentado las violaciones por la radio: «Dar patadas y berrear no las salvará»... Y lo de raparles la cabeza, todo salvo ese mechoncito, era para humillarlas, para despojarlas de su feminidad como castigo ejemplarizante por haber estado en contacto con la política. Algunos historiadores creen que importaron esa práctica de la guerra colonial en Marruecos.

—¿Y lo del aceite de ricino?

—Un laxante. Se lo daban para que se hicieran sus necesidades encima.

Nos callamos otro rato.

—¿Vive alguna de esas mujeres a las que les raparon la cabeza en el pueblo?

—No sé a cuántas se lo hicieron. De las que menciona Topete viven los hijos: María, la de Concha, y José, el de Merche. Puedo acompañarte a verlos también.

—Me estás ayudando muchísimo.

—Pero no parecen los de la fosa que tú estás buscando, los de la carta de Lorenzo. No hay ninguna mujer en esa lista.

—Para saber qué pasó con ellos tenemos que entender todo lo que ocurrió aquí.

Topete parece cansado. Ha empezado a tocarse mucho la cara, como hacen los críos cuando tienen sueño.

—¿Descansamos y seguimos mañana?

—Perfecto. ¿A las diez?

—A las diez. ¡Tenemos muchísimos deberes!

—¡Es verdad!

Sobre la mesa de su cocina, quedan los diarios que ya hemos leído junto a las fotografías de los vecinos de Cuevas a los que ya he puesto cara. Las primeras piezas del puzle.

Antes de ir a casa de Amparo, la mujer que alquila habitaciones para cuando alguien de fuera viene a despedirse de los que se quedaron dentro, decido visitar el cementerio. Como en tantos sitios de esa España vaciada, el de Cuevas es más grande que el propio pueblo. Durante los siguientes días, iré varias veces hasta recorrer todas sus calles, esas avenidas entre tumbas construidas para que los vivos puedan caminar entre sus muertos. Leeré todas las lápidas, anotaré las fechas de las muertes, las edades. Buscaré los pocos nombres que ya me son familiares: Eloísa, Miguel, Nieves... Me fijaré en una pequeña cruz que señala un enterramiento sin piedra —el único de los de alrededor que tiene flores frescas— y algo escrito: V. Quizá sea la inicial del muerto o de la muerta. El punto junto a la letra me anima a pensar eso, que detrás hay alguien. ¿Cómo era Cuevas cuando V. vivía? ¿Quién vino a verlo o a verla hace unas horas o pocos días? ¿Y dónde están los que faltan, todos los que murieron sin nombre?

Cuando empieza a oscurecer, regreso al bar para recoger mi maleta. Lucía me indica cuál es la casa de Amparo, «la primera al final de esta calle, no tiene pérdida». En cuanto nos despedimos, me pregunto también dónde están los otros 147. Llevo todo el día en este pueblo y solo he visto a tres vecinos. Son las nueve de la noche y parecen las cinco de la madrugada. La mayoría de las persianas están cerradas a cal y canto, pero siento que decenas de ojos me están mirando. Hay silencios tan limpios que solo pueden ser deliberados. Cuando empiezo a caminar, las ruedas de mi maleta provocan una especie de escándalo. También hay ruidos tranquilizadores, humanos.

Amparo ya sabía perfectamente quién era yo. «La periodista, ¿verdad?». No hay periódico, pero se ve que vuelan las noticias. «¿Y va a quedarse mucho?», me pregunta con ese tono que incluye también el tipo de respuesta que se desea oír. «Todavía no lo sé. Unos días, si le parece bien», digo desanimándola. Amparo no responde a lo que le parece, pero no hace falta. Le parece mal. Mal que esté allí, mal lo que alguno de esos ojos que espiaban por las ventanas le contó que quería hacer.

—Este es el cuarto. Como ve, no es gran cosa.

—Es perfecto, muchas gracias.

Yo me callo, pero mis tripas siguen hablando con Amparo, quejándose amargamente durante unos segundos que a las dos se nos hacen eternos. El bizcocho de Lucía es lo único que he comido en todo el día. «Pues no puedo prepararte nada y ya está todo cerrado», dice entonces ella en conversación con mis tripas y tuteándome, lo que no sé si es buena o mala señal.

—No se preocupe. No hace falta.

Media hora después llaman a la puerta del cuarto. Cuando abro, Amparo no está, pero ha dejado en el suelo una bandeja con una tortilla francesa, pan y queso. Intuyo que va a sorprenderme más veces.

Alberto me llama poco después por teléfono, pero no lo cojo. He cambiado el paisaje, ha cambiado mi humor y por nada del mundo quiero volver a Gallizoland. Esa noche me duermo como los niños que tienen colegio al día siguiente: en una cama de 90, antes de las diez de la noche y después de una tortilla francesa. Reconozco esa sensación antigua, la ilusión.

Después de mi primera noche en Cuevas, llego un poco antes de la hora que habíamos dicho a la casa de Topete, que huele a pan tostado y a café. Pienso en el tiempo que ha pasado desde que alguien me hace el desayuno. Era el plan maestro de Carlos para reconciliarse después de haber perdido los nervios: desayuno de hotel con todos los periódicos del día colocados en fila sobre la mesa, algunas lágrimas, propósito de enmienda. Cuando por fin lo eché de casa, me quedé tiempo con esa mesa, pese a que estaba hecha polvo, como yo. Mis heridas ya no se veían, pero las suyas sí y necesité tenerla delante, ver el desconchón del día que estrelló mi móvil contra la madera; las huellas de una patada en la pata delantera por alguna otra ofensa mía sobre su delicadísimo ego. Si llamaba o se plantaba en mi puerta, yo miraba la mesa. La memoria nos protegía. A las dos.

A Víctor, el psicólogo, le fascinó la historia de la mesa. Años después seguía recordando lo que le conté en la primera visita, cuando busqué toda la ayuda que pude para no volver a dejar entrar a Carlos en mi casa y en mi vida. Llamé, muerta de la vergüenza, a una asociación para mujeres maltratadas con la que había hecho un reportaje hacía tiempo. No les dije que era para mí, pero pedí que me recomendasen un psicólogo especializado en una terapia de seguimiento para alguien que ya había conseguido salir. Cuando me encargaron aquel reportaje, yo ya era una de ellas, pero entonces no me di cuenta. Incluso utilicé en el texto un folleto que tenían en la asociación con preguntas para que las víctimas se reconociesen como tales: «¿Coge tu móvil para mirarlo sin permiso?»; ¿Te llama o te manda mensajes constantemente para saber con quién estás?»; «¿Le molesta que hagas planes con otras personas?»; «¿Consideras que te ha aislado de tu entorno?»; «¿Te insulta a menudo?»; «¿Te amenaza?»; «¿Alguna vez te ha agredido?»; «¿Después de enfadarse es muy cariñoso y atento contigo?»... Yo hacía casi pleno al quince, como en las quinielas, pero ni siquiera así caí. Entrevisté a las terapeutas y a tres víctimas de distinta formación, edades y orígenes: un ama de casa, una estudiante de Derecho y una directiva de empresa —había pedido que me buscaran diferentes perfiles precisamente para mostrar que la violencia machista no tiene perfiles—. Me relataron su proceso hasta la denuncia: lo que habían sufrido, lo que habían sentido, las idas y venidas, las recaídas..., y se lo conté con todo el detalle que pude a los lectores de *El Día*, pero no fui capaz de ver que yo era una de ellas hasta mucho tiempo después.

En eso sí me ayudó mucho Víctor. Aunque no se lo puse nada fácil. Supongo que las personas que nos dedicamos a hacer preguntas sentimos un pudor extra a la hora de hablar de nosotros. Además, estamos entrenados para hacerlas, no para responderlas, y durante muchas de aquellas consultas, en lugar de contestar honestamente a lo que se me preguntaba, trataba de averiguar adónde quería llegar el psicólogo, a qué lugar me estaba llevando. No era capaz de relajarme, como esa gente que va al cine y cuchichea todo el rato, informando al de al lado de quién va a matar a quién, o los que son incapaces de disfrutar y entregarse en un espectáculo de magia porque se pasan la función entera intentando ver dónde está el truco. En la consulta de Víctor, yo era una de esas. Adivinaba lo que me iba a decir, sabía lo que quería oír, y eso me daba mucha rabia, porque suponía meterme en una categoría a la que yo pensaba que no pertenecía, la de las mujeres maltratadas. Entonces todavía pensaba: «Solo fue una vez». No sé decir cuánto tiempo estuve así, a la defensiva, hasta que comprendí. Sí recuerdo perfectamente que, cuando por fin me di cuenta de que aquel folleto era para mí, de que no era diferente al ama de casa, la estudiante y la ejecutiva a las que había entrevistado un par de años antes, fue un golpe durísimo, mucho más difícil de asumir que los que había recibido por llegar un día a casa más tarde de lo que había dicho. Porque entonces sentí muchísima vergüenza, vergüenza de mí misma, de mi propia negligencia al permitir que un hombre me anulase completamente y me lavara el cerebro para que funcionara al revés, de forma que el responsable de las amenazas, los gritos, los golpes... no era él, sino yo misma, que lo provocaba, le sacaba de quicio, lo empujaba a hacer cosas de las que luego estaba «muy arrepentido».

Víctor me ayudó, primero a entender, y después a que la culpa y la vergüenza dejaran de pesar tanto. Pero tenía un defecto importante: cuando no le interesaba algo de lo que yo le contaba era incapaz de disimularlo. Cualquier tema relacionado con Carlos le apetecía. De Alberto también. Recuerdo que me decía que después de una experiencia traumática había elegido a alguien inaccesible, casado, con hijos, como una especie de garantía de seguridad. Alberto nunca iba a obsesionarse conmigo, nunca necesitaría saber qué estaba haciendo cada hora del día, con quién había hablado o con quién me había visto porque Alberto, al contrario que Carlos, tenía su propia vida: una esposa, una hipoteca, unos críos. Cuando me lo dijo, me pareció demasiado obvio, demasiado manual de psicología. Supongo que incluso en las personas más machacadas resiste un prurito narcisista que rechaza ser tratado o interpretado como los demás, en este caso, como el colectivo de mujeres maltratadas. Pero Víctor tenía razón, también, aquí, porque es verdad que Alberto era —es— un hombre muy atractivo, pero en ese tiempo se acercaron otras personas, tan o más atractivos que él, solteros, disponibles..., y yo los despaché sin más. Lo que creo que Víctor no ha entendido y por eso noto que se aburre cuando le hablo de Gallizo y de mis problemas en el trabajo es que yo deposité en el periódico toda mi autoestima destruida y desde ahí la levanté, currando hasta las tantas, viendo que las cosas salían bien, que dependían solo de mí, de la atención y cuidado que pusiera en cada texto. Él me ayudó mucho a entender y a avanzar, pero yo me curé también ahí, en *El Día*, porque fue lo que hizo que volviera a tener planes. Solo tenían que ver con nuevas historias, más reportajes, pero al fin y al cabo eran objetivos, metas. Es la diferencia entre los sanos y los enfermos, que unos tienen proyectos, piensan en el futuro, y los otros no. Y eso es justo lo que me había quitado Gallizo: las ganas, las ideas. Víctor prefiere la acción, esos dramas más evidentes, como el del maltrato, que es su especialidad clínica, y cuando le hablo del director de *El Día*, un señor que me paga, no uno que me pega, se aburre, no lo comprende, desconecta. Intenta disimular, darme algunas herramientas, pero esta vez no funciona y tengo que buscar más ayuda.

Mientras desayunamos, Topete y yo dedicamos unos minutos al presente. Hablamos de si hemos dormido bien, del tiempo que hace y de algunas cosas que nos gustan y otras que no, para empezar a conocernos mejor. Estamos contentos. Pienso que las conversaciones por la mañana, da igual con quién, son diferentes a las del resto del día. Son una promesa. Por las noches solemos hacer inventario de las oportunidades desaprovechadas y lamentamos todo lo que ha quedado pendiente, pero por las mañanas la incertidumbre corre a nuestro favor. Estamos descansados, por tanto, con más energía, y todo son posibilidades porque los planes aún no se han torcido, todavía no ha aparecido la frustración.

Le enseño una lista con los lugares y las personas que debemos ir a ver. Y volvemos al pasado, empezamos a leer:

> 1 de octubre de 1936
>
> Hoy hace veinticinco días que no sale el periódico. El horror se instaló antes en Pedrizo, donde imprimimos *El Ruedo*, y el jefe me hizo llegar el mensaje: «Han tomado el taller. Nos han dado orden de imprimir solo lo que nos digan y se han llevado a los del sindicato detenidos. Ten mucho cuidado».
>
> Hoy sí entro en el bar. La Manada acaba de marcharse. Eloísa y Miguel no se miran, tardan un rato en darse cuenta de que estoy allí. Él tiene una herida fea en la frente, pero antes de que lo haga me pide: «No preguntes». Me guardo esa y todas las preguntas: ¿Qué os han hecho? ¿Por qué tiembla Eloísa? ¿Qué podemos hacer?... Bebemos en silencio. Pienso en algo útil que decir, algo que me los devuelva, pero no se me ocurre nada. Nos derrotaron en ese momento, el día que nos quedamos sin palabras.

La imprenta aún existe. Al salir de casa de Topete la busqué en internet y a la mañana siguiente fui a verla. Ahora hace los folletos institucionales del Gobierno de Castilla y León: campañas turísticas, prevención de incendios, consejos para una vida saludable y órdenes escritas de forma que parezca que no lo son. La literatura burocrática del poder parece rentable. El aparcamiento es amplio —tienen cuarenta empleados— y en la plaza más cercana a la puerta de entrada hay un Mercedes gigante, más grande que el primer piso en el que viví en Madrid. Pertenece al nieto del hombre que hace sesenta y seis años visitó a Amalia Cambre, la viuda del propietario, para hacerle una de esas ofertas que no se pueden rechazar, un trueque: la imprenta por la multa que debes. La bolsa o la vida. Ocurrió cuando se cogió la costumbre de multar a los muertos. Fue un hallazgo administrativo impresionante; matar, después de todo, costaba dinero, sobre todo de aquel modo intensivo, industrial. Era justo que los ejecutados, aquellos enemigos de Dios y de la Patria, pusieran algo de su parte. Con otras palabras más rimbombantes, algunos latinajos por el medio y eufemismos casi imperceptibles en el lenguaje cínico, perversamente práctico que usan los tiranos, quedó todo escrito, predispuesto, en el manual que alguien encargó al fiscal jefe del Ejército de Ocupación para retorcer el derecho de forma que pudiera servirles en sus planes. Resumidamente, exterminar a una parte de la población. Iban ganando, pero surgían pequeños inconvenientes o incomodidades y la ley no les servía, es más, la ley los boicoteaba. Había que cambiarla entera. Solo así se pudo juzgar a los leales al Gobierno legítimo como rebeldes; solo así se pudo condenar a muerte a miles de personas no por lo que habían hecho, sino por lo que pensaban o lo que creían los juzgadores que pensaban —«No son ideas, sino crímenes», dice muy clarito la memoria del fiscal—, y solo así pudieron exigir indemnizaciones, en forma de multa, al muerto por haberles puesto en ese brete de tener que colocarlo frente a una tapia con otros como él y realizar las gestiones necesarias para que hubiese un número suficiente de armas, de balas y de hombres que las disparasen. Todo eso implicaba un gasto, por no hablar del mantenimiento de las prisiones, el garbanzo en cada caldo, los millones de sorbitos de los presos, el tiempo que pasaran allí esperando a que llegase su turno, porque eran tantos que había lista de espera para morir. Y no solo eso, estaba también el sueldo de los jueces, de los fiscales, y los sellos y el papeleo... Todo eso había que pagarlo.

Ahora es al asesino al que, con la pena de prisión, se le impone una indemnización para la familia de su víctima, pero entonces era al revés, porque eso fue exactamente lo que pasó, que un país entero empezó a funcionar al revés. De este modo, la viuda recibía, con la notificación de la ejecución de su marido, otra noticia devastadora: la cantidad imposible que debía a los verdugos por el gasto y las molestias ocasionadas. Pero como no eran monstruos, sino libertadores; como, después de todo, aquello lo hacían, en algún rincón de sus cabezas, en nombre de Dios, como en la Inquisición —«ese tribunal calumniado» que les sirvió de inspiración, escribía el fiscal jefe del Ejército de Ocupación—, dejaban siempre una salida: no podrán recuperar el cuerpo, no tendrán oportunidad de enterrarlo en un lugar que elijan para llorarlo y llevarle flores hasta que puedan acompañarlo, pero sí les vamos a permitir que, en caso de no poder satisfacer la deuda, la multa se conmute. ¿Tiene una casa? ¿Un huerto? ¿Un negocio? No llore, señora, con eso lo arreglamos.

Y a veces ni siquiera hacía falta llegar a eso porque intervenía antes un benefactor, un amigo de la gente adecuada, como Guillermo Rocafort, quien, alertado de la compleja situación de esa viuda sin cadáver ni dinero, ofrecía la solución: «Yo me hago cargo de la multa, doña Amalia, y a cambio, (me) ocupo la imprenta. Sus hijos son aún pequeños. Y ¿cómo iba usted a manejarse entre tanto hombre? Además, probablemente, querrá marcharse. ¿Qué le queda en el pueblo? Recuerdos dolorosos. Podría empezar de nuevo en otro lugar. Puedo ayudarla, si lo desea, a colocarla en casa de unos conocidos en Ávila o Madrid. Puede que hasta le dejen una habitación para que viva con alguno de los niños. Los tres no, pero alguno, el más pequeño, quizá sí. Piénselo». Y Amalia, las Amalias de España, aceptaban. Qué otra cosa podían hacer ante aquellas ofertas que no eran sino amenazas.

Casas, fábricas, tierras e imprentas pasaron así de unas manos a otras, de forma que transcurrido el tiempo ya nadie quería acordarse de a quién habían pertenecido. Y los ricos se hacían más ricos y cuando se morían —ellos sí— de viejos, con esquela, flores y cementerio, la propiedad pasaba a los herederos, a ese nieto del Mercedes que una tarde de 2010 me dice: «No sé de qué me está hablando». Yo le creo. Topete no. Es la última excursión que hago sin él.

Durante los siguientes días, a veces en Cuevas y otras muchas fuera del pueblo, vamos tachando, uno a uno, los deberes de la lista, conociendo a los supervivientes, metiéndonos en las cabezas de los que ya no están, sumando y encajando piezas del puzle y disfrutando, otra vez, de ese enorme privilegio: escuchar cuando alguien cuenta por primera vez.

3

La Rubita

Yo no sabía que era valiente. Ahora que lo pienso, probablemente nadie lo sabe, nadie lo es hasta que le toca serlo. Tampoco sabía que don Justo era un cobarde. Al fin y al cabo, los curas no tienen que ser nada, solo estar ahí, vestirse como curas, actuar como curas, oír nuestros pecados, reunir a los más que puedan los domingos a las doce y saberse nuestros nombres. Qué peligroso se volvió aquello, saber cómo nos llamábamos. Qué ironía que el hombre que escribió una lista de inocentes como si fueran culpables de algo se llamara Justo.

También he descubierto que me da rabia la indiferencia, que es como suele vestirse la ignorancia. Al menos debería saberse eso, que unos fuimos valientes y otros, cobardes, ¿no te parece?

No hizo falta más prueba que esa, un papel con vuestros nombres. Una lista de rojos redactada por un cuervo vestido de negro cuando eran los curas los que firmaban penas de muerte. Menudo pájaro don Justo. Tenía tu misma edad cuando anotó «Vicente Llaneza Blanco» sabiendo que no cumplirías un año más, que no volverías a Lucero, a enseñar algo importante a los niños, ni a casa, conmigo. Dicen que no le tembló el pulso. Que los falangistas le preguntaron por un vecino, luego por otro y que finalmente le pidieron que les diera dos o tres nombres de su cosecha. Él escribió seis. Seis. Uno detrás de otro. Y esto lo sabemos, querido Vicente, porque lo hizo en la sacristía, delante de la Virgen y de Moncho, el monaguillo. Entonces él no entendió, me explicó casi cuarenta años después cuando fui a verlo. «Yo era un niño», me dijo llorando, efectivamente, como un chiquillo. Podría haberle dado un bofetón en ese preciso momento, decirle que aquel chaval creció y tuvo tiempo de comprender, de contar lo que había visto, y que nunca lo hizo. Pero yo tenía una misión muy importante y poco tiempo. Ya era vieja. Lo era desde que te mataron. Todo el pelo se volvió blanco y el tiempo, esos años que la gente dedica a traer criaturas al mundo, a bailar en las bodas de los amigos, a disfrutar de la salud y de la energía para ir haciendo la vida que uno quiere, yo tuve que emplearlo en tratar de recomponerme, en no volverme loca. Tenía sesenta y dos años y los nervios destrozados el día que arañé la tierra para abrir tu fosa con mis propias manos.

Pero empecemos por el principio, cuando aún no sabíamos que éramos valientes.

El baile... No me dejaban ir porque me faltaban dos semanas para cumplir los dieciséis años, pero me escapé. Esa fue la primera vez que te vi. Porque yo te vi primero. Tú entraste con unos amigos, riéndoos de algo, ya un poco achispados; fuisteis directos a pedir un vino, echasteis un ojo a la oferta, elegisteis con la mirada a otras, mayores que yo, y a mí ni me miraste. No me importó porque eso me dio cierta ventaja, pude observarte con detenimiento sin que tú te dieras cuenta del examen. Desde mi silla, calculé tu altura, por dónde te llegaría si me pusiera de pie —por debajo de tu barbilla—. Medí también el tiempo que pasabas sin sonreír —muy poco— y el que tardaba cualquiera en reír por algo que tú decías. Decidí que eras divertido y, un poco más tarde, al ver cómo escuchabas a tus amigos, a Lola, la madre de Patricia, y a Fermín, el hojalatero..., que eras atento y humilde, que te interesaban los demás más que tú mismo. Imaginé cómo sería meter la mano en ese pelo, algo más largo que el del resto de los hombres que yo conocía, negro, brillante... Sacaste a un par de chicas a bailar, repetiste con Matilde, qué belleza de mujer, y la odié inmediatamente. Se os daba bien, incluso cuando la orquesta tocaba mal porque se iban notando los vinos y los dedos no obedecían como al principio del concierto. Afortunadamente para mí, que ya estaba celosa perdida, alguien reclamó a la buena de Matilde y, al disculparse ella, oí por primera vez tu nombre: «Perdóname, luego seguimos. ¿Cómo te llamabas?». «Vicente», le contestaste. Pero no seguisteis porque ella no volvió al baile y porque yo tuve, quizá por última vez en mi vida, mucha suerte: cuando decidiste quitarte la chaqueta porque tenías calor y alguien había planchado a conciencia tu única camisa, fue en la silla vacía junto a la mía donde quisiste dejarla y, como yo te ayudé a colgarla, ya no te quedó más remedio que verme primero y luego mirarme.

—¿Y a mí no me vas a sacar?

Como para entonces ya te conocía bastante, gracias a esa ventaja de 45 minutos de indiferencia por tu parte y observación por la mía, me dio tiempo a saber lo que pensaste: «¿Qué tendrá, quince años?». Pero bailamos. Y te pisé, porque en realidad, te expliqué, yo nunca había «bailado con manos», y te reíste. Me atreví a preguntarte muchísimas cosas y me contaste que acababas de empezar como maestro en Lucero; que tenías veinticinco años y una hermana poco mayor que yo. Dijiste que estabas en las Juventudes Comunistas y recuerdo que te pregunté: «¿Y eso qué es?». Me contestaste que eso mejor me lo enseñabas y cuando por fin lo hiciste, que no fue ni ese año ni al siguiente, me afilié también, como otros vecinos. No hacía ni dos semanas que me habías acompañado a la sede cuando tuve que quemar el carnet. Pero otra vez estoy adelantando acontecimientos. Entonces bailábamos, empezábamos a conocernos, a mí aún me sonreía la suerte, esa planta exótica que nunca pudo crecer en este pueblo perdido. Te olvidaste de tus amigos, a los que yo sí veía cuchichear mientras nos miraban. Y, cuando ya te había hecho diez o doce preguntas, dijiste: «Bueno, y ahora me tocará a mí, ¿no? A ver, ¿tú de dónde has salido?». Te expliqué quiénes eran mis padres, que no me dejaban ir al baile por la tontería esa de que me faltaban quince días para cumplir los dieciséis. Te conté que yo también tenía un hermano de tu edad, pero que se había quedado en casa porque se había torcido un tobillo jugando al fútbol. Y ya, totalmente lanzada, confesé que, mientras te bebías un vino con los que luego supe que se llamaban Alfonso y Ramiro, había calculado tu estatura y que estaba muy orgullosa de haber acertado porque mi frente quedaba, precisamente, a la altura de tu barbilla. Y ahí sí, ahí fue cuando me miraste.

—Me gustaría volver a verte.

—Y a mí, pero calcula dos semanas de castigo por escaparme a conocerte. La próxima vez que nos veamos tendré, efectivamente, dieciséis años.

Me acompañaste a casa. Te daba miedo que nos vieran, que hablasen mal de mí, pero yo solo pensaba que no quería que aquella sensación terminara jamás. Me parecía, de repente, tener superpoderes: nos cruzábamos con gente y éramos invisibles porque nadie más que nosotros sabía lo que había empezado a ocurrir entre tu barbilla y mi frente. Estaba convencida de que habría aguantado cualquier penitencia por aquel rato contigo. Me sentía fuerte, mucho más que antes del baile, y me sentía yo, más yo que nunca. Qué extraño eso, que tuviera que aparecer otro para descubrirme. Pero así era; pensaba muy rápido y todo eran cosas que no había pensado antes. Tenía la sensación de que lo anterior, esas pequeñas rutinas de una niña de casi dieciséis años, se desvanecía, carecía de importancia. Porque yo era ese momento, ese instante contigo y todo lo que iba a venir.

Esa noche te quedabas en casa de un amigo del pueblo y en la puerta de la mía me apartaste un mechón para ponerlo detrás de la oreja antes de rebautizarme:

—Buenas noches, Rubita.

Mi padre estaba despierto, esperándome. Se levantó del sofá, donde estaba leyendo, para echarme la bronca e imponer un contundente castigo, pero lo corté en seco, lo abracé como hacía tiempo que no hacíamos y le dije:

—Papá, me da igual lo que vayas a decirme, porque hoy he conocido a tu yerno.

Quería enfadarse, pero no pudo. Se echó a reír y me mandó a dormir. Como si pudiera.

El noviazgo... Había apenas unos kilómetros entre Lucero y Cuevas, pero nos escribíamos casi a diario y como si viviésemos en países diferentes. La velocidad de nuestros encuentros era superior a la de los carteros, de modo que las cartas, fechadas cuatro o cinco días antes de que nos viéramos, ya no eran planes, sino recuerdos. Nos pasaban muchas cosas, porque, en realidad, que te pasen cosas es querer contarlas, compartirlas. Levantarse por la mañana era una oportunidad de vivir y describirte algo nuevo. Abríamos los ojos como platos para ver de otra manera lo que ya habíamos visto; afinábamos el oído para escuchar más allá de lo que se decía, de lo que oíamos. Estábamos permanentemente en alerta para no dejar escapar un detalle de lo que ocurría a nuestro alrededor, para poder contárselo al otro. Todo era emocionante, como si hubiéramos extinguido el aburrimiento. Y estábamos tan contentos que lo contagiábamos; creo, sinceramente, que en las casas se hablaba más, en el bar se oían más risas, en el campo la gente silbaba al pasar el arado...

Querido Vicente:

Hoy he visto a mi tía Pura desnucar una gallina con el dedo pulgar. Le he preguntado en qué campamento militar aprendió la técnica asesina y se ha reído, pero no me fío. Acuérdate de esto: es muy probable que Pura Rodríguez trabaje para algún cuerpo de élite secreto. El mandil con agujeros es solo para despistar...

Querida Rubita:

Manolito ha preguntado hoy en clase por qué son naranjas las naranjas. Me ha parecido una pregunta genial y muy buena señal, será inconformista…

Querido Vicente:

Hueles a tabaco y a café. A casa. Aunque en mi casa nadie fume ni tome café…

Querida Rubita:

Hoy me he dado cuenta de que Ramiro está colado por Mercedes. Hace verdaderos esfuerzos para no mirarla y es la única con la que no habla cuando coincidimos con su pandilla en cualquier lado…

Tuvimos que escribirnos muchas cartas para hacer tiempo hasta que yo creciera un poco más. Fueron cinco años de noviazgo apadrinados por Mario, el cartero. Las guardo todas. Cuando nos casamos, fue una de las cosas que juntamos, tus cartas y las mías, junto a tus pantalones y mis vestidos, tus libros y los míos. Esas cartas son lo más preciado de mi herencia si tuviera a quién legar lo poco que generamos, lo único que conservé. Me habría gustado leérselas a mi hija —estaba convencida de que iba a ser niña—, entregárselas como un ajuar precioso cuando llegara el momento, pero perdí a nuestro bebé. Es difícil decir cuál fue la causa: pudo ser por la caída cuando me perseguían, por las cucharadas del aceite de ricino que me hicieron beber, por la pena de intuir que pronto estarías muerto. Pero sí, me habría gustado tenerla, ponerle un nombre que ambos habíamos elegido y muchos años después, cuando llegara el momento, leerle nuestras cartas para que supiera a qué debe parecerse el amor.

Siempre pensé que, cuando te encontrara, me quedaría tranquila, descansaría. De hecho, creía que podría morir ese mismo día, satisfecha con el deber cumplido. Ahora sé que no tenía una misión, sino dos: contar tu historia y la de las mujeres que sobrevivimos al horror. Nuestra hija no leerá nuestras cartas, pero lo harán los hijos y nietos de otros, los de las víctimas y los de los asesinos.

Te enterraron fuera del cementerio, como a los otros desgraciados condenados a muerte. Julián, el hijo del monaguillo, es ahora el enterrador de Cuevas y no pudo negarse a ayudarme a sacarte de allí primero, y a meterte dentro después. Era finales de los setenta. Fuimos de madrugada, trabajamos a la luz de las velas que sacamos de la iglesia y, para cuando amaneció, te localizamos por la alianza de boda, mi nombre pegado a tus huesos. No me dejaron poner el tuyo en tu nueva tumba porque entonces, dijo, «muchas personas querrían hacer lo mismo». «Ni siquiera es del pueblo», añadió. Qué expresión tan horrible, «ni siquiera», nada bueno ha venido nunca detrás de ella. Cuevas no era tu pueblo, pero es donde fuiste feliz y nadie de tu familia quiso ayudarme cuando les dije que quería recuperar tus restos, desenterrarte para enterrarte bien. Yo soy tu casa. Y mi casa está aquí. Ahora podría, quizá, poner una lápida con tu nombre entero, pero a veces, por las noches, sueño que alguien viene a decirme que tú no eras tú y que yo no podía hacer eso, que me quitan tu tumba de nuevo. Así que te quedarás así, V., a trescientos pasos del hogar que compartimos, a unos kilómetros de la escuela, ahora cerrada, en la que Manolito te retaba con preguntas imposibles. Y cada semana, hasta que me muera, juro por el Dios que nos dio la espalda que iré a llevarte flores.

4

Nunca nos contamos lo que pasó

Llevo ya un mes aquí y Lorenzo sigue sin contestar, pero yo sigo llamándolo. Ya me sé de memoria ese número largo que conecta con ninguna parte. En Cuevas avanzamos poco a poco. Cuesta poner a hablar a un pueblo que se conjuró en el silencio para sobrevivir. «Nunca nos contamos lo que pasó», me había dicho Topete. «Nunca había hablado de esto», he escuchado decenas de veces estos días. En algunas casas, bajan la persiana antes de explicarme, al principio en susurros, lo que vivieron, oyeron o intuyeron. El miedo no prescribe. El dolor tampoco. Hay muchos estudios y libros sobre esa herencia, el «trauma transgeneracional» se llama. Comenzó a investigarse con víctimas del holocausto y sus descendientes, pero también hay trabajos muy interesantes de la dictadura chilena o argentina. Da igual el país, ante circunstancias similares, la naturaleza humana reacciona siempre de maneras parecidas. La angustia por los muertos sin lápida y los duelos inacabados se parece como el cante jondo a un fado, a un tango y a todas las canciones de los pueblos que tuvieron motivos para estar tristes.

La Rubita escribía a Vicente. Pilar tenía una foto de su hermano desaparecido junto a la cama y todas las noches, antes de dormir, lo informaba de lo que seguían padeciendo los vivos. No leyó a Octavio Paz, no sabe que un mexicano, premio nobel de literatura, escribió una vez que esa era «la patria borrosa de los muertos», pero una tarde, sentadas en un banquito en el patio de su casa, me explica: «Lo hacía para encontrármelo en sueños».

Me traje a Cuevas algunos libros sobre el tema porque siempre he pensado que hacemos mejores preguntas cuanto más sabemos de la persona que tenemos delante. Psicólogos y antropólogos alemanes, estadounidenses, argentinos, chilenos... explican cómo un trauma o un duelo no procesado cala en la siguiente generación, porque se transmite el miedo a que algo similar vuelva a pasar o porque se evita abordar lo que pasó para no herir al superviviente —«Mi abuela me tapaba la boca cuando preguntaba por el abuelo», he oído tres veces estos días—. El fenómeno se da especialmente cuando es la autoridad la que provoca ese trauma y por eso la reacción, el silencio, el olvido..., no es una decisión personal, sino una anomalía social, la mala gestión de un episodio que abarca mucho más allá que sus propias víctimas. Esos libros también explican que la recuperación empieza por la comunicación, poder hablar y ser escuchados. Pero es impresionante verlo en directo; la anciana que baja la persiana cuando entras en su casa y que, de repente, dice: «No sé de qué color eran los ojos de mi padre. Tenía solo dos años cuando se lo llevaron»; los hijos, incluso algunos nietos, de las víctimas que lloran cuando les pregunto por un hombre que no tuvieron tiempo de conocer porque murió antes de que ellos nacieran, pero después de ponerles el nombre con el que caminan por el mundo —«Me llamo como él, por él, no tengo nada más suyo...»— o al recordar cuánto sufría la viuda, la madre, la abuela —«Le rompieron la vida con veintiún años. Se llevaron a su marido un 14 de septiembre y ese mes desapareció del calendario. Nunca se pudo celebrar nada en septiembre. Si la invitaban a una boda, por ejemplo, no iba. Septiembre no existía»—. Y cómo a algunos de ellos les duele confesar que llegaron a dudar de su propia sangre porque unas niñas les decían: «Vosotras no jugáis con nosotras, que sois rojas» y porque durante cuarenta años tuvieron que oír a tantas personas y en tantos sitios la misma frase: «Algo habrían hecho». Esa es la potencia de un estigma, hacerte pensar que tienes parte de culpa, que te avergüences y que te preparen para no destacar, para tratar de pasar siempre inadvertido. Pero, cuando ya nos hemos entrevistado varias veces, en este pueblo empiezan a pasar cosas. Y puedo buscar el nombre clínico de eso, seguro que lo tiene, pero es, sobre todo, muy emocionante. El miedo va diluyéndose delante de mí, y esa persona comprende muchas de las cosas que hace o que siente a medida que expone sobre una mesa ficticia entre mis preguntas y sus respuestas lo injusto, lo inhumano, lo trascendente que es para él, para ella y para todos lo que les ocurrió. Un pueblo, un país entero puede encomendarse al silencio obtuso y al olvido, pero un individuo no puede zafarse de la memoria, borrar las cosas que le pasaron y las que le dejaron de pasar, privado de los hitos cotidianos del que vive en paz: crecer, madurar, recibir a los críos, enterrar a los viejos... La memoria es un músculo desobediente, que trabaja por su cuenta y tiende a ocupar todo el espacio, como un gas. Reprimirlo es un ejercicio agotador e inútil; tarde o temprano, estalla. Y entonces lo cuentan, y cogen aire, y hacemos pausas, y lloramos. Y de entre las páginas de una biblia, detrás de un cuadro, dentro de un costurero... salen fotografías, cartas, carnets de militancia, el ajuar de los desaparecidos. Y hablamos un día, y otro, y al siguiente, hasta regresar a la noche en que vieron al fantasma por última vez para ir a buscarlo con las ganas y la fuerza del primer día. Estela de Carlotto, presidenta de las Abuelas de la Plaza de Mayo, la asociación que busca a los niños robados en la dictadura argentina, lo explicó mejor que nadie en un congreso sobre justicia, rodeada de abogados y magistrados especialistas en derechos humanos: «Yo vengo como experta en perseverar». Es la determinación la que ha despertado siempre a los testigos. Como Felipe, el primer artista que hubo en Cuevas y el primer ateo, que una tarde nos deja recado para que vayamos a verlo. Nos cuenta que pintaba paisajes, retratos y bodegones, que nunca iba a misa, que no se había casado. Cuando la Manada llegó a Cuevas, intuyó el futuro y se refugió en el pasado. Construyó un zulo bajo la cocina y se encerró en él para esconderse de cuantos sabían que se había negado a pintar un cuadro de la Virgen para la iglesia y el motivo que había alegado —«Yo soy hiperrealista»—, y para que no lo encontraran todos los que, por ese motivo, querrían matarlo. Por las mañanas, para entretenerse en la oscuridad, iba contándose a sí mismo cómo había sido su vida, repasando cada uno de sus recuerdos. Describía a su madre, a su padre, a sus hermanos, con todo el detalle que podía, con todo el tiempo del mundo: el pelo, la forma de la cara, el color de los ojos, la forma de hablar, los gestos, las manías, las coletillas, qué cosas eran las que mejor hacían, cuáles las que les costaban. Si, por ejemplo, le venía a la mente un estribillo que cantaba su padre al trabajar en el campo, trataba de recordar la canción entera y se la repetía tantas veces como años hubiese cumplido. A veces lo hacía despierto y otras en sueños. «Por las noches, de madrugada, cuando Cuevas dormía, yo salía a estirar las piernas, a llenar de aire los pulmones, a pisar la hierba mojada con los pies descalzos y a mirarlo todo, una casa, una tienda, una calle... para luego pintarlo mentalmente a la mañana siguiente en el zulo, cada cosa con su color y textura, con su brillo, con su polvo... Una de esas noches oí ruidos y me escondí. Vi llegar a la Manada en camioneta, pararse delante del ayuntamiento y subir a unos hombres asustadísimos, conscientes de adónde iban. Conté nueve. Nueve hombres desarmados contra siete asesinos con fusil. De repente, se encendió la luz de una casa y salió una mujer en pijama gritando "¡No se lo lleven!" y luego "¡Llévenme con ellos!". Era Matilde. Yo no hice nada. Quise gritar y no pude; quise moverme y tampoco, como en las pesadillas. Ellos se marcharon y yo volví, después de un rato, cuando recobré el aliento, a mi zulo, pero ese truco que me había inventado para olvidarme de dónde estaba, que era repasar todos los lugares y personas que conocía, todo lo bueno que aún tenía cerca, dejó de funcionar. Lo intenté varios días. El octavo me entregué porque era peor esperar, aterrorizado, que supieran lo que había hecho y vinieran a por mí. Había pasado casi un mes en el zulo, escondido, pero aún libre, y luego me tiré diez años en la cárcel. Nunca volví a pintar. No tenía sentido hacerlo porque dejé de distinguir los colores, ya solo veía negro, oscuridad».

Lo malo de llegar tan tarde es que muchos testigos han muerto. Lo bueno es que, cuando una pregunta es muy evidente, alguien la hizo antes que tú.

Han cambiado muchas cosas desde que llegué a Cuevas. La más importante, que ya conozco a la mayoría de los vecinos y que entienden lo que he venido a hacer aquí. Nos conocemos mejor y eso hace que pueda ayudarlos más y ellos a mí. Víctor me ha sugerido hacer la consulta de los lunes por teléfono mientras sigo fuera de Madrid, pero le he dicho que no, que lo llamaré a la vuelta. Me encuentro bien y prefiero dedicar todo el tiempo que pueda a la investigación. También me ha pedido que no me confíe y que no deje las pastillas, cuyas dosis ya había reducido. Aún tengo algo de ansiedad. A veces me abruma todo lo que quiero hacer, me disgusto mucho cuando me hablan de un personaje interesante, alguien que podría terminar de armar todo el puzle, y, a continuación, me aclaran que lleva años muerto. Pero no tiene nada que ver con la ansiedad que tenía antes de llegar aquí. Y no es el aire puro, la vida tranquila del campo y todo eso. Es el propósito, el hecho de dedicar más tiempo a hablar con otros que a analizarme a mí misma. Menos a pensar, más a hacer. Creo que a Topete también le están ayudando los deberes que le pongo, que nos ponemos. Un día, en su cocina, vi que compartíamos algunas pastillas. Es estadística, las compartimos con medio país, aunque entre nosotros todavía no hemos hablado de eso; «depresión» es una palabra demasiado contundente para las primeras veces. Sé que terminará contándomelo y yo contándoselo. Probablemente, sea la primera persona a la que se lo cuente. Nadie de mi entorno lo sabe aún.

Hemos salido de excursión para hablar con el hijo de Chinto. Es curioso ver que las pasiones también se heredan, como el color de ojos. Al igual que su padre, se hizo fotógrafo y la casa es una especie de museo, con cámaras antiguas, preciosas, preservadas en vitrinas, las paredes abarrotadas de imágenes de distintas épocas y un relato aprendido sobre ellas, como los comisarios que te enseñan a mirar y entender lo que ves en una exposición. Es un hombre alto, fuerte pero garboso, elegante. Lo ayudan unas gafas modernas de pasta gruesa, unas manos de dedos finos y largos que mueve constantemente, y la ropa, una americana de cuadros, un vaquero oscuro, unas deportivas blancas, todo podría ponérselo alguien treinta años más joven.

«Mi padre se inventó su propio oficio —cuenta—. En ese momento, en España, no había prácticamente fotógrafos profesionales más allá de los que invertían en una cámara para ir por los pueblos a proponer un recuerdo a la pareja de enamorados o a la familia numerosa. Se inventó su oficio porque él fue el primero que se puso a contar lo que veía, a documentarlo, como hacen hoy los fotoperiodistas. No eran *souvenirs* o recuerdos, sino estampas de la realidad, periodismo. Y el periodismo es, ¿cómo decís, Belén?, "contar lo que no se quiere que se sepa". Pues eso. Lo ayudó mucho tu padre, Topete, porque la oferta no sirve de nada si no hay demanda, y se pasó la vida burlando la censura, la necedad. Mirad esta fotografía. Es una de mis favoritas».

La imagen es de 1959, de la inauguración en Madrid de un restaurante de lujo que todavía existe. Pienso en cómo los proyectos, los negocios, la riqueza del bando ganador de la guerra permanecieron. Los perdedores no pudieron dejar apenas nada porque se lo quitaron todo o huyeron al exilio, con sus ideas, con su talento. Un país amputado. Un maître con un esmoquin impecable espera en la puerta. Pero Chinto no se ha colocado de frente para sacar el cartel de INAUGURACIÓN, el nombre del restaurante, el esmoquin, las mesas tras los cristales, llenas de cubiertos para cada plato y copas para cada bebida. Se ha puesto en una esquina para mostrar al hombre junto a la I que cubre a sus dos hijos con su raído abrigo. Los tres están tan delgados que caben dentro de esa prenda que parece una manta prehistórica sobre la que ha caído el diluvio universal.

—¿Sabéis cómo la tituló? «Desarrollismo».

En todas las fotografías de Chinto hay siempre algo más. Son ejercicios de ironía, como si estuviese diciéndole al espectador: fíjese bien, le estoy enseñando otra cosa. Un obispo saluda a Franco en La Almudena; el dictador en un escalón superior, la sotana por debajo, casi haciendo una reverencia. Un grupo de mujeres de negro, de luto de la cabeza a los pies, caminando por un paseo marítimo; un guardia civil con un uniforme dos tallas más pequeño...

—Y eso, dedicarse a lo que más le gustaba en lugar de quedarse a trabajar en la carnicería de mis abuelos, lo hizo libre. Era un hombre libre, que decidía a qué dedicaba cada minuto de su tiempo. En un país gris con pánico a la libertad, lleno de presos y depurados, mi padre se levantaba todos los días para hacer lo que le daba la gana y reírse en la cara de los que prohibían libros o cerraban diarios. No se fue al monte con los maquis, no marchó a París para liberarla de los nazis con La Nueve, pero, caray, formó parte de la resistencia. De la resistencia intelectual contra el franquismo. Nunca pudieron entrar en su cabeza y eso tiene bastante mérito, ¿no os parece?

Topete y yo escuchamos embobados. No recuerdo cuál fue la pregunta que hicimos, pero Chinto Jr., que se llama Nacho, nos ha soltado de golpe un discurso apasionado, como si lo tuviera preparado. Después de varias semanas de entrevistas cuesta arriba en Cuevas, donde las palabras salen poco a poco, pedaleando, todavía nos impacta más esa vehemencia con la que el hijo del fotógrafo subraya el orgullo que siente por su padre.

—Perdonad si me pongo muy estupendo. Es que ayer fui a dar una charla a un instituto y me sacaron de quicio. No saben nada y no les interesa nada. Una clase de veinticuatro y diez pegados al móvil. Una catástrofe. Les pregunté qué sabían de la Guerra Civil y todos callados. Señalé a uno de la primera fila, pensando que sería el más aplicado, y va y me dice: «Estalló porque el pueblo se rebeló contra la dictadura de Franco». Situaban el conflicto en los años cincuenta o sesenta. Los exiliados, decían, eran «los seguidores de Franco a los que tuvieron que echar del país». O sea, todo al revés. De la Segunda Guerra Mundial, Hitler, el holocausto y todo eso sí tenían más idea, pero no porque lo hubieran estudiado, que tampoco, sino por las películas. Otro me dijo: «Si no hubiera habido Guerra Civil, ahora estaríamos en bancarrota». Los quería matar. El profesor que me invitó a dar la charla me pidió disculpas al terminar. No es culpa suya o no enteramente suya. Que no nos enseñaran a nosotros la represión vale.

¿Pero ahora? ¿Cuántos años llevamos de democracia? ¿A qué esperan?

Tenía razón, pero yo no quería llevar la conversación a la política, los planes educativos, el Estado de las autonomías, el café para todos. Me quedé pensando en ese «nunca pudieron entrar en su cabeza». Es cierto, como dice Nacho, que no existe mayor rasgo de libertad que dedicarse a lo que a uno le gusta porque es lo más parecido a dominar el tiempo. También que puedes estar preso, pero ser, de algún modo, libre si, cuando la autoridad déspota ha hecho todo lo posible para someterte, hasta la medida más drástica, encerrarte, sigues pensando por ti mismo. Supongo que incluso dentro de una celda puedes cerrar los ojos y elegir qué ver. Eso deja sin armas al carcelero y debía de darles mucho miedo. ¿Por qué se ensañó el Régimen con los ferroviarios y los maestros? Con los primeros, «los hijos del hierro» de Miguel Hernández, porque estaban acostumbrados a las luchas obreras, eran rebeldes contumaces: «Sus músculos trepidan como las máquinas, y como a las máquinas no les importa rodar sin descanso a través de estos días en que la libertad de España depende del esfuerzo de cada español...». Con los segundos porque educar es, precisamente, enseñar a pensar. Cuanto más cultos, menos dóciles, debieron de pensar. Tenían razón.

—Nacho, tu padre llegó a estar muy vinculado a Cuevas, ¿verdad? ¿Te habló alguna vez de Lorenzo Canales o de los desaparecidos del pueblo? —pregunto tratando de reconducir la charla a lo que nos interesa.

—Sí. Ahora os cuento. Pero primero os enseño una cosa. Antes de que vinierais he estado revisando los archivos de mi padre. Son tantas fotografías, los negativos, las diapositivas… que ni yo mismo sé lo que hay. Las que encontré en su momento son las que te cedí, Topete, para la exposición hace unos años. Pero hurgando bien en el trastero he visto que hay más. Y tengo, efectivamente, una en la que creo que sale ese tal Lorenzo Canales. Os vais a caer de espaldas. No tanto por la fotografía en sí, sino por lo que mi padre escribió detrás.

Me acordé entonces de las anotaciones de Chinto que vi en casa de Topete: «¿En qué piensa Eloísa?; hijo y padre…».

Están en el salón de actos del ayuntamiento. Esperando para ver alguna función o concierto. Un grupo de jóvenes se gira, sentado sobre sus butacas, y posa para el fotógrafo, que toma la imagen desde unas filas atrás para mostrar, en primer plano, a una parte del público y, al fondo, el escenario. Topete y yo, que durante días hemos revisado todas las fotografías de la exposición que se hizo hace unos años en Cuevas, reconocemos a Matilde y a algunos más. Ocupan dos filas distintas: en la primera, todos miran al fotógrafo; en la segunda, todos menos uno, que mira a la chica.

—Ese tiene que ser Lorenzo Canales. Belén, dale la vuelta a la fotografía.

Leo en voz alta:

—«Lorenzo y Catalina. Los celos. Cuevas, 14 de abril de 1936».

—Puede que sea la última foto de Matilde con vida.

—Seguro. A ver, podría ser que estuvieran a punto de ver una función sobre los celos o que se titulase Lorenzo y Catalina, yo que sé, pero ahora, con lo que me habéis contado, creo que mi padre escribió eso por ellos, por él. Debió de hacerla en las fiestas del pueblo.

El hombre que pensamos que es Lorenzo mira a Matilde y lleva una camisa blanca, del mismo color que el vestido de ella.

No sonríe, al contrario que el resto de los jóvenes que posan para la fotografía. Solo lo vemos de perfil. Sigue resistiéndose, ocultándose, pero me fío completamente de la interpretación de Chinto, uno de los nuestros.

—En la carta que nos envió, Lorenzo sugería que había traicionado a sus vecinos. Quizá fue, efectivamente, por celos, porque ella tenía un novio, Fausto.

—Bueno, no hay tantos tipos de crímenes o de móviles, ¿no? —responde Nacho—. Dinero, poder y celos, pasional o como lo quieran llamar. Y esa familia vivía muy bien. Al menos, mejor que otros muchos. No necesitaba dinero y no les interesaba el poder.

—¿Tu padre siguió vinculado a Cuevas después del cierre de *El Ruedo*? ¿Sabes qué pasó con Nieves?

—Sí. Topete, bueno, Topete padre, era su mejor amigo. Con Nieves tuvo sus idas y venidas. Ella quería casarse, claro, pero mi padre era un poco picaflor. Iba, volvía, tenía sus historias por ahí... Se casó con mi madre bastante tarde, a los treinta y muchos. Ella era viuda. En esa época debía de haber más viudas que solteras. Y la pobre murió cuando yo tenía cuatro años. Creo que todos los recuerdos que tengo de ella los fabriqué viendo sus fotos. Mi padre sobrevivió también a Nieves. De hecho, me llevó a su entierro, eso sí lo recuerdo porque fue la primera vez que lo vi llorar. Ya jubilado seguía yendo a Cuevas, de vez en cuando, sobre todo para visitar a Topete. Le estaba muy agradecido. Pero cuando Topete, con perdón, perdió la cabeza, dejó de ir. Tiene que ser muy duro encontrarte con un amigo del alma que no recuerda quién es y cómo te llamas. No hay enfermedad peor que esa, el olvido.

Nacho choca los nudillos contra la mesa de madera para espantar su mayor miedo: olvidarse de la gente que quiere y de la que lo quiso.

5

Jesús y Manuel; José y Merche

¿Quién era yo? ¿Qué méritos pudo hacer un panadero para acabar en una fosa común? ¿Y Manuel? ¿Qué hizo él más que ayudarme, seguirme, imitarme desde que tuvo uso de razón y me reconoció en el mundo, entre todas las personas, como su hermano mayor, su referencia? Éramos los primeros en despertarnos en Cuevas. Hacíamos pan. Sí, se lo llevamos algunas veces a los que se habían escondido en el monte. Sí, hacía un tiempo que nos habíamos afiliado a la UGT, nos gustaba la idea de formar parte de algo más grande que el pueblo, que nuestra familia, nuestra tahona.

Eso fue todo.

Hemos muerto en ella y aún no sabemos qué es la guerra. No la hemos visto. Aquí no ha habido bombardeos ni frente ni trincheras. Nadie nos dijo «Tenéis que atacar» o «Tenéis que defenderos». Aquí, la única convocatoria que recibimos fue para subirnos a golpes a una camioneta y llevarnos unos kilómetros más allá para morir en fila con otros que tampoco eran soldados, sino vecinos.

Aquellos días discutimos más que nunca. Manuel quería irse, decía que era lo mejor.

—Vámonos.

—¿Huir?

—Exactamente.

—¿Y qué he hecho yo? ¿Qué has hecho tú para tener que huir?

—No entiendes lo que está pasando.

—Claro, y tú sí. No me digas más, te lo ha explicado Topete.

—Pues sí, he hablado con Topete y escucho la radio. Pero ¿no te das cuenta? Hay pueblos, no muy lejos de aquí, donde han hecho zanjas en las carreteras para impedir el paso, para defenderse, y aquí, en el tuyo, en el bar de Eloísa y Miguel han puesto una lista.

—¿Y salimos tú y yo acaso en esa lista?

—No. ¿Pero acaso han hecho alguno de los que sí salen algo para aparecer en ella?

Manuel tenía razón, pero tuvo la mala fortuna de hacerme caso a mí, que estaba equivocado. Él ya se había dado cuenta de que, en aquella guerra absurda, dos panaderos podían ser perfectamente el enemigo, igual que el maestro, el pastor o el campesino, y sabía que no se puede razonar con quien persigue y castiga ideas, no hechos. Yo fui ingenuo y egoísta. No tenía la información que tenía mi hermano, ni desde luego Topete, y a los escasos datos que dejaba entrar en mi cabeza les buscaba enseguida alguna explicación ridícula. Al alcalde querían hacerle unas preguntas, pero seguro que pronto lo soltaban al darse cuenta de que aquel carpintero no había hecho nada malo. La lista debía de ser una confusión. El incidente en el bar de Eloísa, una borrachera que se había salido de madre... En el fondo, por estúpido que parezca —y ahora que ya no sirve de nada, a mí también me lo parece—, creo que me molestaba que mi hermano pequeño dudase de mi capacidad de protegerlos, a él y a nuestra madre, o que, por primera vez, dudase de mi criterio y buscase respuestas en otra parte. Fue esa vanidad, esa pequeñez mía, la que seguramente nos ha matado a los dos.

Reaccioné tarde, muy tarde. Los primeros días iba Manuel solo al monte, a llevar comida a los rojos más destacados de la zona, alguno de Cuevas, la mayoría de otros pueblos más grandes e importantes que el nuestro. El día que corrí a casa porque me dijeron que estaban paseando a las mujeres por la plaza después de haberles rapado la cabeza, me di cuenta, por fin, de la gravedad de lo que estaba ocurriendo. Mi madre y mi esposa, afortunadamente, estaban en la cocina. No las habían reclutado para aquel paseo salvaje, pero lloraban desconsoladamente porque habían visto a las demás pasar por delante de la ventana. Esa noche acompañé a Manuel al monte y contamos lo que había pasado. Eran sus madres, sus esposas, sus hermanas, las que habían sido humilladas por no revelar su paradero. Jamás en mi vida provoqué, con mis palabras, una reacción como aquella: esos hombres gritaban de rabia, lloraban, daban puñetazos y patadas a los árboles, preguntaban todos a la vez, querían saber cada detalle. A la mañana siguiente, muy temprano, uno de ellos bajó a Cuevas, entró en su casa, besó a su esposa, Merche, y a su hijo, José, que aún dormían, y se tumbó un rato a su lado. Cuando ella despertó, le dijo:

—Voy a entregarme.

Ella lo persiguió hasta el bar de Eloísa. Lo alcanzó en la puerta, le pidió, llorando, que no lo hiciera. Él la abrazó una última vez antes de entrar y dirigirse a la Manada:

—Soy José Aguirre. Creo que me estaban buscando.

El que llamaban el Lobo se levantó, se acercó a Merche y le tiró del único mechón que había dejado en su cabeza. «Si hubiera usted aparecido antes, su mujercita no parecería ahora una payasa». Siempre ha habido hombres que no saben ganar. José le dio un cabezazo y lo tiró al suelo. La Manada se lanzó sobre él y lo molió a palos. El Lobo lo inmovilizó colocándole una silla en el cuello y siguió pateándolo. Los que estábamos allí gritamos: «¡Déjenlo! Que lo van a matar!» o algo por el estilo. El Lobo, eso sí lo recuerdo perfectamente, contestó: «Hoy no».

Esa tarde fuimos a casa de Merche para llevarle una empanada para que se la hiciese llegar a José grande y un poco de chocolate para José pequeño, un niño tan triste que ya ni lloraba. Hasta el día anterior yo había negado la evidencia, no asimilaba los acontecimientos, discutía con las personas que más quería de pura rabia por haberlos defraudado, pero aquel crío, que no debía de tener los diez años cumplidos y del que apenas veía un flequillo asomando por la mesa en la que nos habíamos sentado a hablar, ya había entendido. Él ya sabía lo que yo no había querido ver: que la vida que conocía, todo lo que había a su alrededor, acababa de reventar de un modo definitivo, irreversible.

Merche nos contó cómo la había despertado José y todo lo que ya habíamos visto: cómo había tratado de convencerlo para que no se entregara, lo culpable que se sentía. «Van a matarlo por mi culpa. No tenía que haber vuelto…». Nos ofrecimos a ayudarla, como si pudiéramos. Esa noche, en casa, hablamos de nuestras opciones. Teresa me dijo que tenía miedo, que quizá deberíamos hacer caso a Manuel y marcharnos. Incluso había hecho una maleta con lo fundamental y le había pedido a Manolito y a Anita, nuestros hijos, que escogieran un juguete. La mitad del país debía de estar haciendo lo mismo, meter su vida en una maleta, seleccionando lo más útil y necesario y tratando de elegir, entre todas sus pertenencias, algo de todo lo que no iba a poder reproducir en cualquier otro lugar: una infancia, un recuerdo, un regalo. Nunca habíamos salido del pueblo y el único viaje que íbamos a hacer era solo de ida. Me costaba mucho asimilar eso. Ni siquiera sabía dónde estaba Francia. Lo miramos en un mapa, esa noche, en el único libro que teníamos en casa. ¿Cómo íbamos a llegar hasta allí? ¿Y quién nos iba a ayudar, si ni siquiera sabíamos pedir ayuda en su idioma? Yo aún tenía dudas. Muchas. Y miedo. Tanto. Discutimos y, finalmente, decidimos darnos dos días para pensarlo. Teresa aceptó. Manuel, a regañadientes, también. Pero no nos dieron tiempo. A la mañana siguiente, vinieron a buscarnos. Mis hijos vieron cómo unos hombres disfrazados de autoridad se llevaban a su padre y a su tío como si fueran delincuentes. Anita se agarró a mi pierna; Manolito, el mayor, a mi cintura. «Papá, ¿vamos a morir hoy?», me preguntó. Horas más tarde, frente al pelotón, aún notaba la presión, el calor de sus manitas contra mi cuerpo. Teresa lloraba. La pobre gritaba: «¡Son panaderos!». Mi madre se desmayó y murió al mes siguiente, convencida de que no tenía sentido sobrevivir a sus dos únicos hijos. Con la distracción del desmayo no pude despedirme como me hubiera gustado. Un poco más tarde traté de evocar el último beso a Teresa, la noche anterior, demasiado lejos.

Nos preguntaron a golpes si habíamos estado en el monte. Ninguno de los dos habló, pero daba igual lo que hubiéramos dicho, nuestro destino ya estaba escrito. Esa noche nos metieron en una camioneta. Nos llevaron a algún lugar apartado en el valle del Tiétar y nos colocaron en fila para que cada uno de nosotros recibiera, ordenadamente, su respectiva bala. Busqué algo de compasión en la mirada de aquellos hombres, la mayoría más jóvenes que yo, que tenían la voluntad y las armas para matarnos. Solo uno parecía dudar. Agarré por última vez la mano de mi hermano: «Perdóname». Él me dijo algo que no me había dicho nunca: «Te quiero». Y me dio mucha pena que no hubiera llegado a decírselo a alguna chavala, que fuera a perderse esos nervios, esa electricidad justo antes de entregarse al cuerpo de otro; que no hubiera sentido, al besar a alguien, que el corazón iba a salírsele por la boca; que sus hijos no pudieran jugar con los míos y que hubiésemos malgastado el poco tiempo que teníamos en madrugar, amasar, quejarnos por cosas que no tenían importancia. Pensé: «Mi casa, este pueblo, este país se llenará de viudas cuando nos cubra la tierra». También pensé que ninguno deberíamos estar allí, pero que prefería mil veces pertenecer a ese grupo de valientes que a los cobardes que iban a matarnos sin saber nada de nosotros, apenas nuestros nombres. No envidio al que se los ha facilitado y nos sobrevivirá, al que ha tenido algo que ver en que hayamos acabado en esta fosa común. Lo perseguiremos en sueños. No podrá volver a dar un paso en esta vida sin acordarse de nosotros, los que ya estamos muertos.

6

La luz

Jaime, el forense de la Asociación Memoria y Justicia, ha venido a recogerme hoy en coche para llevarme a una exhumación cerca de Cuevas. Le advertí que estaba de excedencia, buscando información sobre otra fosa, la de la carta de Lorenzo, o sea que no podría publicar nada en el periódico —aunque siguiera en la Redacción tampoco—, y por lo visto él ya lo sabía. «Yo también tengo mis fuentes», contestó, enigmático, con dos emoticonos sonrientes. «El equipo se alegrará de verte», me dijo. De ese mensaje me extrañó todo, sobre todo, lo de los emoticonos. Nunca los había utilizado en nuestras conversaciones que, por otro lado, hasta ese día casi siempre había empezado yo.

Antes de salir, lo convenzo para ir a desayunar. «Tienes que probar este bizcocho. Está increíble». Es hora punta en el bar. Los vecinos, perfectamente sincronizados con el horno de Lucía, entran, saludan a todos por su nombre —a mí incluida—, intercambian información sobre los acontecimientos transcurridos desde el desayuno anterior y se van.

Han cambiado tantas cosas desde que llegué... Antes de irse, paran en nuestra mesa para preguntar por «el nuevo». Jaime parece un príncipe en un besamanos. Las señoras mayores le dan esos ruidosos besos de pueblo, con ganas, cogiendo carrerilla. Los hombres le estrechan la mano como si se la fueran a quedar.

—¡Menudo éxito!

Jaime no me contesta, pero se pone colorado y me doy cuenta de que apenas lo conozco. Nunca hubiera dicho que este hombre alto, que siempre parece a punto de escalar una montaña, que aún conserva un leve acento de Bilbao, que escogió como profesión hablar con los muertos para contarle a los vivos cómo habían fallecido y con el que jamás, en tres años, he comentado otra cosa que no fuera la disposición de los individuos de una fosa común utilizase emoticonos para comunicarse o que pudiera sentirse, de repente, abrumado por el interés que despierta.

Aprovechando esa situación nueva, esa ventaja, en lugar de ayudarlo y cambiar de tema, le digo:

—Te has puesto un poquito colorado.

—Qué va.

—Yo tardé varias semanas en conocerlos. A ti, en cinco minutos, ya se te ha acercado casi todo el pueblo.

—No te equivoques. Vienen por ti, quieren saber quién es el que te acompaña, el que está contigo. La investigación, entonces, va bien, ¿no?

—Bueno, estoy intentando hacer algo parecido a lo que tú haces.

—¿Exhumar cuerpos?

—Hacer hablar a los muertos. Devolverles la voz para que puedan contar qué les pasó. Pero en lugar de leer en los huesos, como tú, busco esa información en los que les sobrevivieron, en las cartas que escribieron, en las pistas que dejaron para que sepamos quiénes fueron.

Jaime me mira un rato largo y creo que lo hace de una forma distinta porque ahora soy yo la que se pone colorada. Él sí me ayuda porque en lugar de subrayar mi incomodidad repentina, como acababa de hacer yo con él, dice:

—¿Vamos? Ya deben de estar esperándonos.

Lucía le entrega un bizcocho entero y un termo de café. «Es para todo el equipo, ¿eh?». Jaime saca la cartera para pagárselo, pero ella lo frena en seco: «Ni se te ocurra». El bar nos despide con esa sonrisa delatora que ponen los padres cuando, acompañados por su hijo o hija adolescente, se encuentran con el chico o chica que le gusta. Parece imposible hacer como que no nos enteramos de nada, pero lo intentamos. Caminamos en silencio hasta el coche para dirigirnos a Santiesteban, el pueblo de la fosa.

—¿Ha venido todo el equipo?—le pregunto.

—Sí, todos los que ya conoces: Pepe, Elvira, Antoñito...

—Qué bien. Hace mucho que no coincidimos.

—Y yo también.

—¿También qué?

—Que yo también me alegro de verte.

Me lo dice sin mirarme, con la vista fija en la carretera. Y hacemos eso que se ha hecho tantas veces en la historia cuando dos personas atrapadas en un coche no saben de qué hablar o no quieren hacerlo: poner la radio.

—¿Radiolé?

—Sí, ¿qué pasa?

—Nada, que te hacía más de RockFM o similar.

—Bueno, porque aún no sabes muchas cosas de mí. Bailo que te mueres. Me arrastró una novia que tuve a unas clases y me encantó. ¿No me crees?

—Es que estoy entrenada para desconfiar. Si no lo veo, no lo creo.

—Pues ya lo verás. ¿A ti qué tal se te da?

—¿Bailar?

—Bailar, sí.

—Pues regular. Me gusta bailar en casa, sola. Apago las luces, me pongo música y bailo. En exteriores y con otros me cuesta más coordinarme.

—No pasa nada. Yo te llevo.

Nos callamos otro rato para escuchar a Kiko Veneno y concentrarnos en las imágenes que la conversación ha dejado flotando. En mi cabeza, Jaime con una novia. Jaime dando besos y caricias, mostrando cariño, deseo. En la suya, en el peor de los casos, yo haciendo el indio en el salón de mi casa con las persianas bajadas. En el mejor, bailando conmigo con las luces apagadas.

Después de «Echo de menos», «Sarandonga», «Vente pa Madrid», «Te estoy amando locamente», «Tu calorro», «Qué gustito pa mis orejas», «Corazón partío» y «Tú me camelas», llegamos al lugar del crimen. Pepe, Elvira y Antoñito nos reciben con una sonrisa parecida a la despedida de los vecinos de Cuevas en el bar. Jaime vuelve a ser el de siempre. Se coloca el peto de la asociación, distribuye tareas, es decir, espacios en la tierra, y pide que le traigan el altavoz. Empieza un espectáculo que no deja de impresionarme por muchas veces que lo haya visto. El trabajo está dividido, pero es algo compartido: unos hurgan en la tierra y otros en la memoria. Del terreno donde parecía no haber nada y sobre el que han llovido setenta años de olvido, empiezan a aflorar unas manchas blancuzcas que al final de la semana serán esqueletos y, dentro de un mes, nombres y apellidos. Arrodillados en la tierra, los antropólogos y médicos forenses trabajan en silencio, muy atentos a lo que escuchan por el altavoz, conectado al móvil de Antoñito, que durante un mes ha estado entrevistando a los familiares de las víctimas y hoy nos cuentan quiénes eran mientras unos desconocidos los devuelven a la superficie, a la luz.

Lorenzo tenía razón. Como explicaba en su carta, hay algo hermoso, conmovedor, en la forma en que este grupo de especialistas trata los huesos. La profesionalidad es, además, muy atractiva. Siempre lo he pensado. Me derriten los perfeccionistas. Los que ejecutan su trabajo con la aplicación del primer día; los que se detienen en los detalles; es decir, en el otro. El pastelero que coloca con nata y mimo la coma del vocativo en una tarta de cumpleaños, «Felicidades, Manuel»; el conductor que dice «Buenos días» cada vez que un nuevo pasajero sube a su autobús. El florista que interroga al cliente sobre la destinataria y la ocasión del ramo antes de escoger cada flor. El médico que tenía que haberse ido a casa hace una hora y deja hablar al paciente, sabiendo, por experiencia, que en algún momento de su confuso relato le dará la pista adecuada para su diagnóstico y tratamiento. El carnicero que sabe, también, que a Teresa le gustan «finas, muy finas» y que corta las lonchas del fiambre sin mirar a la cola de gente que espera. El camarero pendiente del momento en el que se queda libre el periódico para llevárselo a ese hombre de la mesa cinco que lo lee a diario, junto al café «con una gotita de leche, solo una» que ya no tiene que pedir. El fotógrafo que, en el reino de los selfis, atraviesa Madrid cargado como una mula para domar la luz si desobedece. El filatélico que, en el imperio de los buzones vacíos, se resiste a cerrar una tienda que cabría entera en una caja de cartón. Mientras los narcisos se regodean en el estanque, ellos, todos ellos, actúan, ejerciendo su oficio con la voluntad de servir a los demás en la medida de sus posibilidades. La jornada de hoy es igual que la de ayer y que la del mes anterior, pero, pudiendo hacer mecánicamente su trabajo, eligen fijarse bien, esmerarse. Ese esfuerzo, cuando tanta gente parece enfadada, cansada, frustrada o triste, es un gesto de rebeldía. Y no hay nada más atractivo que un rebelde.

Poco antes de la parada para comer, Jaime me pide que me acerque. «Por arriba, ven, por este lado, sin bajar...». Me da miedo estropear o mover algo, así que doy apenas un par de pasos. «Pero no te quedes ahí, mujer. A ver, dame la mano». Jaime camina por el interior de la fosa pisando los huecos que ya conoce entre las marcas que han ido colocando y que recuerdan a esa especie de pivotes pequeños que los policías ponen en el escenario de un asesinato allí donde han encontrado algo útil para la investigación. Cuando está a la altura de mis rodillas, estira el brazo y me lleva de la mano unos metros más adelante. Yo camino por el piso de los vivos, él por el de los muertos.

—Vale, ahora, sin moverte de ahí, agáchate... Eso es. ¿Qué ves?

—¿Un tornillo? No, espera. ¿Un pendiente?

—Un pendiente.

Elvira le acerca una bolsita de plástico transparente. Jaime retira la tierra con una brocha, recoge el pendiente con sus guantes y lo mete dentro. Justo en ese momento, por el altavoz, empieza a hablar María, la hermana de Alicia, una de las víctimas que están buscando. Como si hubiera desaparecido ayer, y no hace siete décadas, en la grabación, María la describe físicamente: «Es más alta que yo, porque me saca cuatro años. Muy rubia, con los ojos grandes y verdes, parece extranjera, muy guapa. En la frente tiene un antojo que a mí me parecía azul, aunque ella siempre dice que es marrón...».

Jaime, Pepe, Elvira y Antoñito se vuelven locos buscando el otro pendiente junto al esqueleto, pero no dan con él. «De todos modos —dice Jaime—, en unos días tenemos jornada de puertas abiertas en la exhumación, vienen los familiares, y se lo enseñaremos a María, a ver si lo reconoce. Está muy mayor y nos ofrecimos a ir a verla luego a su casa para informarla de cómo iban los trabajos, pero insistió mucho en que quería venir. Me tiene un poco preocupado ese tema. Esto impresiona mucho».

Aquello eran los días libres de Jaime. Trabaja en el Instituto de Medicina Legal analizando cadáveres recientes que, como los de las fosas del franquismo, murieron antes de tiempo y de manera violenta. Examina puñaladas, orificios de bala, entrada y salida, vacía los estómagos de las víctimas para averiguar la hora del crimen... Cada día, su jornada laboral consiste en pasar más tiempo con los muertos que con los vivos. Cuando lo conocí, atribuí a eso que fuera tan seco conmigo. Era siempre alguien de su equipo quien me avisaba de las exhumaciones, nunca él, y, aunque luego se le iba pasando, al principio notaba que le desagradaba mi presencia allí o, al menos, que habría preferido que no estuviera. Tardé en comprender que, a diferencia de lo que ocurre con la mayoría de la gente con la que nos relacionamos los periodistas, Jaime no nos necesitaba. Era muy bueno en lo suyo y nada vanidoso. Cuando manejaba algo gordo no nos avisaba para amplificar su hazaña, no tenía esa costumbre porque no tenía esa necesidad. Pero fue a él a quien se le ocurrió la idea de grabar los testimonios de los familiares para escuchar sus historias mientras hurgaban en la tierra y fue él quien organizó, también, lo que llamaba «jornada de puertas abiertas» para explicarles lo que habían averiguado y encontrado. Incluso tantos años después, los huesos hablaban; eran capaces de decir si sus dueños habían muerto de frente o de espaldas, si les habían disparado de lejos o ejecutado de cerca, si los habían enterrado sus propios asesinos o alguien del pueblo, que sabía sus nombres y colocaba con respeto los cuerpos. Jaime se expresaba en un tono profesional que, sin embargo, no era aséptico ni frío; si citaba algún término científico o usaba alguna expresión de la jerga de su trabajo, como «cañón tocante», la explicaba inmediatamente. Cuando terminaba, invitaba a los familiares a preguntarle cualquier duda. No siempre podía resolverlas todas, pero después de escuchar, delante de una fila de esqueletos, el relato forense de un asesinato múltiple, los hijos, nietos o hermanos de las víctimas se quedaban, sorprendentemente, tranquilos, en paz. Es el poder de la información: siempre, incluso cuando es terrible, es mejor tenerla que no tenerla, y Jaime, además, sabía exponerla y administrarla para que el efecto terapéutico de conocer la verdad prevaleciese sobre el trauma.

A las dos paramos para ir a comer. Alberto me llama varias veces. A la tercera o cuarta, respondo:

—Mujer, ¡ya era hora!

—¿Ha pasado algo?

—Nada, solo que pasas olímpicamente de mí. ¿Cómo estás?

—Muy bien. He avanzado bastante.

—¿Localizaste a Laureano, el señor mayor aquel?

—¿A Lorenzo? No, eso no. Sigo llamando todos los días por si acaso, pero nada. He avanzado bastante aquí, en Cuevas, en los pueblos de alrededor...

—Por aquí sigue todo como siempre. Gallizo acaba de...

—No, por favor, no lo me cuentes. Me estoy desintoxicando, prefiero no saber nada del periódico.

—Vaaale. Pues entonces te cuento que te echo mucho de menos. ¿Tú a mí?

—Alberto, no me pillas muy bien ahora. ¿Podemos hablar en otro momento?

—Joder, pues sí que te estás tomando en serio la desintoxicación. Ya veo que también de mí. Tendré que ir a verte entonces. ¿Es eso? ¿Te ha molestado que no te haya hecho ninguna visita todavía?

El despiste de Alberto me hace hasta gracia. Su ego le impedía darse cuenta de que, efectivamente, la desintoxicación, aunque lo dijo de broma, era también de él, y, en lugar de entender que me estaba alejando deliberadamente, se había montado una película en la que yo me hacía la interesante porque en realidad me moría de ganas de verlo y estaba molesta porque él no lo había propuesto hasta entonces. Podía habérselo explicado en ese momento, pero eso habría alargado una conversación que yo quería terminar cuanto antes, así que le digo: «No, no. No hace falta que vengas. Tengo bastante lío aquí y no quiero distraerme».

Error. Dos semanas después, el día de mi cumpleaños, Alberto se plantó en Cuevas.

Al colgar, Jaime me pregunta:

—¿Todo bien?

—Muy bien —le digo. Y lo mejor es que es verdad.

—Te he traído un regalo.

—¿Y eso? Mi cumpleaños no es hasta dentro de quince días.

—¡Anda! No sabía que iba a ser tu cumpleaños, pero me lo apunto. Mira esta foto. ¿Lo reconoces?

En la imagen, un hombre mayor parece señalar algo en la tierra con su bastón.

—¿Al señor? No, nunca lo había visto.

—El señor no. Fíjate en el sitio.

—Ah, es donde hemos estado exhumando hoy, ¿no?

—Exactamente. El señor se llama Francisco. Está señalando, con un círculo, el lugar donde vio cómo enterraban a siete de sus vecinos, uno de ellos su padre, y entre ellos creemos que también a Alicia. Él entonces era un niño, pero salió corriendo detrás de la camioneta y no llegó a ver cómo los mataban, pero sí cómo los enterraban. Y, claro, de algo así no te olvidas. Francisco ya murió, pero el hombre que le hizo la foto no. Se llama César y ha elaborado un listado de fusilados de pueblos de la zona y de los lugares donde pueden estar enterrados, hablando con unos y con otros. Es un prejubilado de banca. Se aburría, su padre era muy amigo de Francisco y se ayudaron durante años, hasta que falleció, a investigar la represión en la comarca. Seguro que puede ayudarte. Te he cerrado una entrevista con él esta tarde. Cuando se vaya la luz y terminemos en el bosque, te llevo a su casa. Está muy cerca de aquí.

Quería comérmelo a besos. Pero solo le di uno, en la mejilla.

—Me debes unas cañas. Y un baile.

En el salón de la casa de César está enmarcada la foto de Francisco.

—Ahí tenía noventa años y estaba casi ciego, no te lo pierdas. Aun así, acertó. ¿A que sí, Jaime? —pregunta orgulloso—. Me indicó cómo llegar, nos bajamos juntos del coche, él trabajosamente, porque también tenía problemas de movilidad. Al principio parecía un poco despistado. Se tiró en silencio, de pie, unos minutos, ponle cinco o diez, y de repente dio unos pasos, dibujó un círculo en el aire y dijo: «Aquí está enterrado mi padre. Aquello fue impresionante. Mira, se me pone la piel de gallina todavía. —Se remanga para enseñar a la periodista el brazo—. Es una pena que no haya llegado a ver esto porque falleció hace un par de años. Era un hombre excepcional. Hablaba mucho de su padre, de su madre, de lo que sufrió su familia... Al menos ahora podremos enterrarlos juntos, como le prometí.

—Hoy hemos encontrado un pendiente, César. Puede ser de Alicia, lo que confirma que don Francisco tenía razón.

—Nunca lo dudé. Qué alegría se llevará doña María.

—Va a venir, con otros familiares, a la jornada de puertas abiertas.

—Sí, sí. A doña María quedé en recogerla yo en el coche. A su familia no le hace gracia lo de la exhumación. Son, ya sabéis...

Todas las fosas comunes que se han abierto en los últimos años se han localizado así, gracias al testimonio de alguien. Niños que, como don Francisco, vieron lo que no debían o recuerdan pasar corriendo por un determinado lugar porque en casa habían oído que allí había muertos. Vecinos que fueron obligados a enterrar los cuerpos. Algunos matarifes que confesaron, pasado el tiempo, las coordenadas del crimen. Por eso hay tanta prisa. Los testigos y los verdugos, los últimos vínculos con la evidencia, se mueren, y con ellos las imprescindibles pistas sobre el paradero de miles de desaparecidos del franquismo.

César saca una de esas carpetas de cartulina azul como las que teníamos de pequeños. Tiene tantos papeles dentro que las gomas se han roto y ha hecho un apaño empalmándolas con una cinta roja. Probablemente, cuando empezó no sabía que iban a ser tantos. Con rotulador negro ha escrito: «Represión en el Valle del Tiétar». Nos explica:

—Don Francisco y yo trabajamos horas y horas juntos. Queríamos hacer una lista de todos los asesinados de este pueblo y de los de alrededor, localizar las fosas donde podían estar y, a partir de ahí, buscar ayuda para abrirlas. A mí me habían prejubilado porque vendían el local de la oficina, de hecho, con don Francisco intimé así: cuando supo que iban a cerrar, entró en el banco y me puso a caer de un burro. Dijo que nadie daba un peor servicio que la banca, que había mucha gente mayor, como él, que no sabía manejarse en internet, que aquello era un escándalo... Le di la razón, porque la tenía, y me ofrecí a ayudarlo con el tema de la banca electrónica. Le presté un ordenador portátil que ya no utilizaba y quedamos un par de días en su casa; instalamos internet, le hice una cuenta de correo, le enseñé a meterse en las páginas que le gustaban, sobre todo en el *As*, porque era forofo del Madrid, y cómo podía ver sus gastos, los ingresos de la pensión..., ese tipo de cosas. Yo tenía mucho tiempo libre y la verdad es que me gustaba hablar con él. Un día salió el tema de la guerra, por un retrato de su padre que tenía en casa, y nos asignamos la misión. A partir de entonces, llamé a todas las puertas, a preguntar por los que faltaban, y visité todos los archivos que pude. Mi abuelo también está desaparecido. Por supuesto, lo mataron, pero no sabemos dónde lo enterraron.

—¿Cómo se llamaba?

—Antonio. Antonio García. Fue alcalde de Cuevas muy poco tiempo. A mi padre lo mandaron luego aquí, a Santiesteban, que es donde vivían mis bisabuelos paternos. Supongo que para que no se cruzase cada día con los asesinos o con los que lo denunciaron, vete tú a saber. Llevo dos años con esto y en lo que menos he avanzado es en la historia de mi abuelo. Mi padre dice que no sabe nada porque a él no le contaron nada y ese pueblo es una tumba. Nadie quiere hablar. Nadie de los que quedan. Cuevas tenía alrededor de mil habitantes cuando estalló la guerra y debieron de matar a casi un centenar. Literalmente, diezmaron su población. Querían limpiar el valle de rojos. A algunos, ya sabéis, los sacaron de madrugada de sus casas y los mataron como perros en el bosque. Porque eran de Izquierda Republicana, del PSOE, de la UGT o por denuncias falsas por líos de tierras o de faldas, que de todo hubo. A otros los llevaron a la cárcel de Ávila o a la de Plasencia e hicieron paripés de juicios para condenarlos a muerte. A esos los mataban en las tapias del cementerio y los enterraban fuera, al tuntún, sin lápida ni nada. Y luego estaban las sacas: de vez en cuando, permitían que los escuadrones de falangistas y alguno también de las Juventudes de Acción Popular se llevaran a unos cuantos de prisión para matarlos por ahí, sin juicio ni sentencia. Y a menudo mezclaban: se llevaban a gente de un pueblo, de otro... Lo único que sé es que a mi abuelo no llegaron a juzgarlo.

Para entender lo que pasó en Cuevas, hemos tenido que salir, visitar otros pueblos. Tienen otros nombres, pertenecen a otros ayuntamientos, pero algunos de ellos no están a mucha mayor distancia que algunos barrios de Madrid del centro. La guerra rompió y dispersó a las familias; hubo niños que fueron separados de sus hermanos para convivir con tíos o abuelos, al ser incapaz la madre, sin los ingresos del marido, de hacerse cargo de todos, y viudas que volvieron a casa de sus padres para tratar de sobrevivir juntos a todo el horror que tenían por delante. Julia, la abuela de César, envió a su hijo Miguel con los padres de su marido, en Santiesteban, y se quedó a vivir con los suyos. Los domingos iban a ver al hijo, al nieto. «Mi padre se crio aquí, nunca lo llevaban a Cuevas, y se rompieron todos los vínculos. A él tampoco le contaron nunca lo que había pasado, o eso me dijo, porque, por más que insistí, jamás logré sacarle un dato, algo que pudiera ayudarme a encontrar la fosa de mi abuelo. Don Francisco y yo llenamos esta carpeta de nombres de personas y de lugares. Creo que están casi todos. Todos menos él, Antonio García, que no tenemos ni idea de dónde fue a parar».

César habla rápido, como si tuviera mucha prisa, y nos hace saber de todas las maneras posibles que está entusiasmado por lo que hacemos, convencido de que es el camino más corto para convertir el contenido de esa carpeta azul en certezas y huesos, entierros dignos, justicia. La carpeta está llena de nombres, fechas y una lista que dice «posible lugar de enterramiento», pero la de Santiesteban es solo la quinta fosa que se abre en la zona.

—Os quedáis a cenar, ¿no?

Jaime responde por los dos: «Nos quedamos». Me parece una idea excelente. No tengo ganas de separarme de ese leve acento de Bilbao.

Hace unas semanas, Amparo, la dueña de la casa a la que vuelvo cada noche después de entrevistar a algún vecino, empezó a preguntarme cómo iba la investigación, con quién había hablado ya o con quién iba a hablar. A veces me esperaba para que cenásemos juntas. Pensaba que quizá se sentía sola y agradecía la compañía, pero ahora tengo claro que era porque quería saber qué había hecho durante el día. Yo investigaba en el pueblo, ella me investigaba a mí. Hoy le hablé del pendiente en la fosa, de María, de lo cerca que está Jaime y su equipo de identificarla y devolverle los restos de su hermana. Le conté que la charla con César me había desanimado bastante, porque él llevaba dos años, mucho más tiempo que yo, intentando averiguar qué pasó con su abuelo Antonio, el alcalde de Cuevas, y no había conseguido nada. Y entonces decidí mostrarle la carta de Lorenzo.

Amparo la lee en silencio. Me la devuelve y dice:

—Su padre, Damián, ayudó mucho a mi familia.

—Eso me ha dicho mucha gente del pueblo, que, cuando pudo, les dio trabajo, algo que hacer, algo de dinero. ¿Fue vuestro caso?

—Algo o mucho. También pagó la reparación del escenario del salón de actos del ayuntamiento. Se hizo cargo de multas y ni sé las cartas que debió de escribir ese hombre para interceder por gente que andaba presa. Se llevaron a unos cuantos del pueblo a la cárcel de Ávila.

—Amparo, cualquier cosa que me pueda decir de Lorenzo o de la fosa que buscamos me ayudará mucho.

Cuando se levanta de la mesa y se va, no sé si va a volver, si le ha molestado que insinúe que me oculta algo, si hoy es el día en que se ha hartado definitivamente de mí y me va a echar de su casa-posada. Pero, unos minutos más tarde, regresa con una agenda de teléfonos.

—El cabecero de la cama donde duermes lo hizo Antonio, el abuelo de César, el alcalde. Lo mataron el mismo día que a Matilde. Eso es lo que yo oí. Paco, el hijo pequeño de Carlos, que era su mano derecha en el ayuntamiento, y yo, estuvimos de novios un tiempo, pero al final él quiso marcharse del pueblo y yo no me atreví. Aún nos llamamos de vez en cuando para felicitarnos las navidades y así. Vive en Ávila. Se casó, tuvo tres hijos, se jubiló. Al final tenía razón en que para que te pasaran cosas buenas había que salir del pueblo. Creo que esa es la fosa de la que habla Lorenzo. Tiene que ser esa. César vino hace un par de años a verme y no le conté nada. Que me perdone, pero pensé que llegaría a la misma conclusión hablando con otros, con el propio Paco si lo encontraba, y yo no quería tener esa responsabilidad, ¿sabes? No sé, quizá también creía que era mejor dejar las cosas como están, no remover, pero esa señora del pendiente no debería estar ahí, tirada en cualquier parte. Matilde tampoco. Su familia se trasladó a Vitoria, donde tenían unos parientes, y le pidió a mi madre que pusiera la casa en venta y los avisara si alguien se interesaba por ella. Pero a Cuevas, como sabes, ya no venía gente nueva, se marchaba la que había. Nunca se vendió. Hace unos años escribí a esa dirección que le dejaron a mi madre porque pensé que podía montar un hotelito rural en esa casa, que es bastante más grande que esta. Me contestó la nieta de Matilde, Carmen, y puso un precio bastante razonable, pero al final me eché para atrás con la idea del hotelito y no volvimos a hablar. Quizá también te interese contactar con ella. Con ella y con Paco. Matilde tenía una hermana, Petra, no sé si vivirá aún.

La quería matar, por haberme ocultado esa información tantos días, y la quería abrazar, porque me imaginaba a aquella mujer llamando cada año por Navidad a la vida que pudo haber tenido, arrepintiéndose de no haber sido más valiente. Después de todo, de las malas caras, de aquella racanería de palabras, de la sequedad..., estaba colaborando sin tener por qué. «Gracias, Amparo. Esto me ayuda muchísimo. No sabes cuánto», le dije cogiéndola de la mano. Ella, incómoda con el contacto físico, asintió con la barbilla, se levantó y se fue.

Llamé a Paco y quedamos en vernos en Ávila esa misma tarde. Llamé también a César para informarlo de todo y estaba tan agradecido que ni siquiera se enfadó con Amparo.

—Qué alegría me das, Belencita. ¿Puedo acompañarte a ver a Paco?

—Por supuesto.

Paco tenía, por su padre, mucha información sobre los últimos días de Antonio y lamentó que César no hubiese dado con él. «De haber sabido que lo estaba buscando, le habría contado todo lo que sé. Pero nadie me preguntó». Hay información valiosa que se pierde así, porque nadie preguntó a la persona adecuada, y otra que se muere con los que nunca quisieron responder. A Carlos sí llegaron a juzgarlo y trasladarlo a una cárcel: veinte años por adhesión a la rebelión. Cuando salió, apuró la vida para intentar hacer todo lo que tenía pendiente: eligió a una chica, tuvo un hijo. Hablamos con él hasta que se hizo de noche. Paco y su mujer nos ofrecieron que nos quedásemos a dormir, pero había quedado en llamar a Carmen al día siguiente y antes quería informar de todo a Topete, que llevaba pachucho unos días. César lloró todo el camino de vuelta en el coche.

—¿Quieres que paremos en algún sitio?

—No, no. Si esto es de felicidad, Belén. De pura felicidad. Tú déjame llorar, que llevo mucho tiempo queriendo hacerlo. Gracias, muchísimas gracias.

Los periodistas vivimos, a veces, momentos así, que lo concentran y lo explican todo. Son la gasolina, los recuerdos de los que echar mano cuando estás cansado o frustrado. Y son, también, una responsabilidad enorme, la de transmitir ese instante y toda su carga informativa al lector para que lo asimile como si hubiera estado allí mismo. Durante muchos meses, los que conviví con Gallizo en *El Día*, sentí que me faltaba eso. Por primera vez en muchos años se agotó el depósito y no había medios cerca para volver a llenarlo. Hasta que me alejé para infiltrarme entre estas gentes que hoy me dan las gracias sin saber que soy yo la que está en deuda con ellos.

La conversación con Carmen también fue providencial. Cuando le expliqué quién era y lo que estaba haciendo, me contestó: «Esto es rarísimo porque justo ayer hablé con mi marido de que queríamos hacer algo, mover el tema para tratar de recuperar los restos de Matilde. Es como magia». Me explicó que su abuela, Petra, vivía con ellos. «Está muy mayor y tiene rachas buenas, donde nos cuenta cosas de cuando era pequeña, de la guerra, de su hermana Matilde... y otras donde se pasa semanas enteras sin hablar. Creo que no le molestará que te cuente que hace unos años, cuando aún no le habían diagnosticado la demencia, recibió una visita extraña que la alteró mucho. En esa época aún vivía sola, se apañaba bien por sí misma. Era un hombre que decía haber participado en los fusilamientos, Marcial se llamaba, y que quería pedirle perdón. Este hombre también le escribió varias cartas desde Fontiveros. Seguro que verlas te ayuda», me dijo.

Siete décadas después del crimen y dos meses desde mi llegada a Cuevas, el mundo parecía conjurarse para que por fin supiéramos lo que pasó. Había avanzado en tres días más que en semanas. El periodismo premia a menudo la constancia. Y, tarde o temprano, la verdad siempre sale a la luz.

7

Antonio

Si me dicen hace un año que iba a ser alcalde de este pueblo, no me lo creo. Y si me cuentan hace quince días que iba a estar preso en mi propio ayuntamiento tampoco. Qué rápido ha pasado todo, qué poco lo entiendo. Hoy me vigilan unos hombres que no saben nada de mí y que, sin embargo, están convencidos de que no merezco compartir el aire que respiran. Era la primera vez que alguien me pegaba. Ahora que lo pienso, ni siquiera había llegado a ver nunca una pelea de verdad. Aunque lo mío, en realidad, no puede calificarse como tal porque no participé, solo recibí. Uno de ellos me dio un bofetón y fue como si el director de una orquesta hubiese levantado los brazos para activar a la vez a todos los músicos: unos golpes sonaban de frente, otros, en los riñones, en los costados... La paliza fue una coreografía perfecta, eficaz. La tenían bien ensayada. En uno de los puñetazos —las manos de aquellos hombres parecían piedras— pensé que se me iban a caer todos los dientes de la boca, pero resistieron. Después, durante todo el día, me los toqué, sorprendido de que siguieran en su sitio. Es impresionante lo que somos capaces de resistir, física y mentalmente, aunque la mayoría, afortunadamente, no lo averiguará nunca. Me impresionó mucho, también, la sangre, esa humedad pegajosa en la camisa y cómo luego se convirtió en una especie de pasta dura que me tiraba de la piel por todas partes, como si la carne fuera a rasgarse cada vez que me movía. Creo que al principio cerré los ojos. Cuando los abrí, buscando algún gesto de cansancio en sus caras, algo que me indicara que aquello iba a terminar pronto, vi que sonreían... estaban disfrutando. «A partir de ahora tomamos el control del ayuntamiento», habían dicho. Y, como les pregunté quiénes eran y qué querían decir con eso de «tomamos el control», decidieron darme una paliza. A Carlos, cuando vino a levantarme, le pegaron también.

No se comportaban como los ladrones, porque los ladrones, que yo sepa, prefieren no ser vistos, y a estos les gustaba hacerse notar, pero también robaban. Abrieron la caja fuerte del ayuntamiento y metieron en un saco todo el dinero que había dentro. Qué tonto. Cuando los vi hacerlo, pensé en el lío que sería denunciarlos para tratar de recuperarlo y lo mal que lo íbamos a pasar hasta que se celebrara el juicio y consiguiéramos que nos lo devolvieran. No sabíamos, o yo no sabía, que ya no había justicia. Fue una de las muchas cosas que se extinguieron ese verano.

Sí, se oían algunas cosas, me advirtieron algunas personas, compañeros del partido en otros sitios, pero no fui consciente de la gravedad de la situación hasta que me dieron la primera paliza de mi vida. Después de todo, era un simple carpintero. Si quise presentarme como candidato y si me eligieron finalmente como alcalde fue solo porque conocía bien a mis vecinos, quería lo mejor para mí y para ellos y se me habían ocurrido un par de ideas para hacernos la vida más fácil, más divertida también. Estos hombres que me dan tanta importancia como para odiarme deben de pensar que soy un pez gordo. Qué rápido ascendí.

Deciden que el salón de actos será una cárcel. Pregunto que para quién y se ríen de mí. Traen gente durante toda la tarde; algunos son de aquí, a otros no los había visto nunca. El tercer día ya no cabe nadie más. Dormimos en las butacas y fingimos ser espectadores de algo que no tiene que ver con nosotros. Utilizamos cualquier cosa del entorno, como estas sillas de terciopelo rojo, para tratar de convencernos de que no hemos abandonado del todo la normalidad, que en algún momento terminará esta mala función. Pero las horas pasan y cada vez es más difícil abstraerse de la realidad. Como no siempre nos dejan ir al baño porque somos muchos, algunos se han hecho sus necesidades encima. Así que olemos mal, a orines, también a sudor y a miedo. Cuando vienen a traernos comida, la que llevan nuestras familias, nos arremolinamos alrededor de esas personas de las que ahora depende cada detalle de nuestras vidas y los bombardeamos a preguntas para intentar saber qué debemos esperar. Tenemos hasta un favorito, uno que no nos pega y que a veces nos llama por nuestro nombre. Eso, que hayamos graduado la brutalidad, que distingamos, siempre encerrados, entre un momento y otro, quiere decir, supongo, que nos hemos acostumbrado a la barbarie.

Los primeros días, para entretenernos, nos contamos quiénes somos, buscando pistas que nos puedan indicar qué tenemos en común, qué hacemos allí, por qué molestamos en el tránsito normal de la vida fuera de este salón de actos hecho cárcel. Los había jóvenes y muy jóvenes. Casi todos tenían trabajos que hacían con sus propias manos, la mayoría pertenecía a Izquierda Republicana, como yo, o a UGT. Cuando nos cansamos de hablar, nos repartimos el espacio y plantamos nuestra mirada en cualquier rincón. He aprendido cada grieta del techo y los sitios exactos donde la madera cruje bajo los pies. También he localizado 21 calvas de pintura en las paredes, 15 manchas de ceniza en las butacas y 137 agujeritos de carcoma en el suelo del escenario. ¿Atajará alguien ese problema o dejarán que las termitas colonicen todo el teatro? A veces tengo la impresión de que los días pasan muy rápido, y otras, que el tiempo se ha detenido. Intuyo que el no habernos trasladado todavía a una cárcel de verdad obedece a que no vamos a tener un juicio, es decir, que nuestro destino no depende de las instituciones o nuevas autoridades, sino del capricho humano. Mi cuerpo se ha ido poniendo de todos los colores; los moratones negros se volvieron verdosos y, finalmente, amarillentos. Carlos me ha dicho que me duele al respirar porque debo de tener fracturada alguna costilla, así que intento moverme lo menos posible. No nos dejan ver a nuestras familias, pero el Favorito, a veces, accede a que le entreguemos cartas que esconde en las cacerolas o en los paños en los que nuestras mujeres e hijos nos traen la comida y que van y vuelven, entran y salen, hasta el día en que les digan: «No hace falta que traiga más». Mientras tanto, escribo a los míos cartas llenas de mentiras: «No te preocupes», «Estoy bien», «Pronto se solucionará todo», con algún mensaje cariñoso pero medido, para que no adquiera la vehemencia delatora de una despedida y no se aleje demasiado de lo que decía cuando era libre, cuando era hombre, cuando era marido y padre y hacía mesas y cabeceros, y leía cuentos, y organizaba plenos. Por ejemplo: Un «te quiero mucho» sí, pero un «te quiero» a secas no, porque el mucho parece que suaviza, que le resta trascendencia. Un «hasta pronto» sí, un «hasta siempre» no. Y, aun así, no logro engañar a Julia, porque en cada carta de respuesta me pregunta, desesperada, a quién puede acudir. Quiere que piense en nombres, que anote para ella los apellidos de las personas a las que ayudé, las que pueden interceder por mí, hablar en mi favor. Lo hice los primeros días, cuando aún confundía a esta gentuza con ladrones, cuando ya me habían apaleado, pero todavía confiaba en el malentendido, y me imaginaba a mí mismo evocándolo, de año en año, en las reuniones familiares: «¿Te acuerdas de cuando me detuvieron, por error, en mi propio ayuntamiento?...». Pero Julia seguía pidiendo nombres, señal de que todos los que se me habían ocurrido en aquellas primeras horas no habían servido. Y poco a poco vamos entendiendo, nos vamos acostumbrando, y por eso tenemos un favorito, porque ya no aspiramos a mucho y celebramos que al menos uno de los bárbaros no nos trate a patadas, que se haya aprendido nuestros nombres; que, de vez en cuando, pregunte si alguien quiere ir al baño y mire con pudor hacia otro lado mientras hacemos nuestras necesidades delante del desconocido. Estamos juntos, somos muchos, pero estamos solos. No queda nadie que pueda resolver el malentendido porque no lo es. Por eso, cuando una noche el Favorito entra en el teatro-cárcel y dice: fulano, mengano, zutano... tenéis que acompañarme, yo ya sé que no voy a una prisión de verdad ni mucho menos a mi casa. Y por eso he dejado escondida, previo aviso a Carlos, una carta última para Julia, esta, ya sí, con un «te quiero» y un «hasta siempre», un dibujo para Miguel y, si se quiere, unas últimas voluntades, que, en mi caso, son pedirle a mi esposa que nunca dude de mí y que se ocupe de que mi hijo tampoco dude nunca porque su padre no hizo nada malo, nada que pueda mancharlos.

«Tenéis que acompañarme», repite el Favorito mirando avergonzado hacia otro lado, como cuando nos escolta hasta el baño. Nos despedimos con abrazos torpes y rápidos de los que se quedan. Le digo a Carlos no sé por qué: «Te espero fuera, amigo». Y Pedro llora porque sabe, como yo, que no ejerceré un día más de alcalde, ni de esposo, ni de padre o carpintero. Que no terminaré el cabecero que me encargó su madre, Lupe; que estaré muerto para cuando alguien descubra que la carcoma ha invadido el salón de actos de mi ayuntamiento y que unos sicarios de camisa azul se han llevado el dinero con el que hubiésemos pagado un escenario nuevo.

8

Puertas abiertas

En los alrededores de la fosa de Santiesteban hay un montón de coches aparcados. Hace buen día y por un momento parece que estuviéramos cerca de un merendero al aire libre en el que unas cuantas familias han decidido pasar la tarde del domingo. A menos de cien pasos, la escena es bien distinta. Siete esqueletos yacen al aire, setenta años después, en un rectángulo de tierra que mide, como les explicará Jaime, tres metros de largo y uno de ancho.

—Y mi padre, ¿cuál es? —pregunta Cosme. De los coches aparcados junto al falso merendero se ha bajado una decena de personas con una pregunta similar.

Mientras Jaime se prepara, los familiares cuchichean entre ellos. Están eligiendo esqueleto. Los oigo decir: «Ese es mi padre, que era muy chiquitín» o «Ese seguro que es mi abuelo, en las fotos se ve que era muy alto»... Jaime ha pedido a Olga, la psicóloga, que esté presente en la jornada de puertas abiertas para arroparlos. De momento, observa, muy atenta, las reacciones. Cuando Jaime empieza a hablar, todos callan:

—Muchas gracias a todos por venir. Como sabéis, llegamos hace unos días para tratar de localizar la fosa de Santiesteban donde buscáis a vuestros familiares. Las identificaciones genéticas tardarán todavía un tiempo, pero ya tenemos en el laboratorio las muestras que os tomamos hace unas semanas y que cotejaremos con el ADN que extraeremos de estos huesos. Gracias a las indicaciones de César, que acompañó hace unos años a don Francisco hasta aquí, encontramos la fosa con bastante facilidad el primer día. Antes de seguir, quería comentaros que hoy nos acompaña Olga, psicóloga, por si queréis charlar un ratito con ella a lo largo de la tarde o en cualquier otro momento. Olga, saluda. Bienvenida. Bien, en la fosa hay, como esperábamos, siete individuos: seis hombres y una mujer. Yacían a un metro y veinte centímetros de profundidad. Los mataron aquí mismo y eso lo sabemos porque junto a los restos humanos hemos encontrado casquillos y balas de fusil Mauser. Si alguno quiere verlas, Elvira os las enseñará luego. También hemos encontrado algunos objetos que pueden ayudarnos mucho en la identificación, como este pendiente que apareció junto al esqueleto de una mujer menor de veinticinco años. Hemos tratado de encontrar el otro, pero no hemos dado con él.

—Lo tengo yo.

María muestra su dedo anular.

—Alicia tenía, el día que se la llevaron, una infección en la oreja —explica—, por eso se puso solo un pendiente. El otro lo dejó en casa y con él me hice esta sortija, que no me he quitado nunca. Es el mismo, ¿a que sí?

Elvira le acerca la bolsita de plástico con el pendiente extraído de la fosa. Es el mismo.

—Qué alegría, María. Esto nos confirma que estamos donde creemos que estamos, que esta es la fosa que buscábamos. ¿Alguien tiene alguna pregunta?

—¿Sufrieron?

—Buenos días, Mario. No, no sufrieron. Todos los esqueletos tienen un agujero en el cráneo. Alguno recibió algún impacto más en el hombro y en la pierna, pero fueron muertes rápidas, instantáneas, y en principio no hemos visto lesiones en los huesos, es decir, fracturas previas a la muerte compatibles con golpes o torturas.

—¿Ahora dónde los vais a llevar?

—Buenos días, Rufina. Hoy, que ya tenemos los esqueletos individualizados, vamos a recoger los huesos y los envolveremos en papel de periódico para quitarles la humedad. Después los trasladaremos al laboratorio donde ya tenemos vuestras muestras genéticas para hacer las identificaciones y el informe antropológico y forense. Esto puede llevar entre dos o tres meses. Cuando termine todo ese proceso, os convocaremos de nuevo para entregaros los restos y que podáis enterrarlos en un lugar digno, el que vosotros elijáis.

—¿Qué es esa mancha oscura que se ve junto a la calavera?

—Eso es un moño de pelo. También hemos recogido las horquillas.

Miro a María. Todos la miramos. Ojalá esos políticos que hablan de «revanchismo» pudieran verla, porque María llora, todos vemos sus lágrimas, pero a la vez sonríe. Jaime sale de la fosa, vuelve al piso de los vivos, agarra las manos de María y las besa. Gracias a los idiotas que dirigen ahora *El Día* tampoco hay ningún fotógrafo del diario para poder mostrar todo esto. «No quiero ver una fosa más de la guerra en este periódico»... Menudo cretino.

Ampelio, que lleva años buscando un esqueleto con reloj, me saca enseguida de ahí, de la rabia.

—Olga me ha dicho que ha aparecido un reloj y que me acompaña a verlo. ¿Vienes con nosotros?

—Claro.

Rodeamos la cordillera de esqueletos que yacen al aire, setenta años después, y nos paramos delante de uno de ellos. Jaime limpia el reloj, lo coge y lo deposita en la mano de Ampelio. Está parado a las dos y cuarto. «Podría ser, creo que sí, que es este», dice él, emocionadísimo. Le tiemblan la barbilla y las manos. Le cojo de una y nos quedamos un rato así, en silencio. Hasta que vuelve a contarnos la última vez que lo vio:

—Mi padre hoy podría ser mi hijo. Lo mataron cuando tenía cuarenta años. Según supe luego, mucho tiempo después, lo denunció un familiar. Sangre de su sangre. De la mía. Vinieron a buscarlo la noche del 25 de agosto de 1936. Era médico, muy trabajador, republicano. Yo mismo di clase a los hijos de los asesinos y a sus nietos. Aquella madrugada estaba dormido, pero vino a darme una caricia antes de que se lo llevaran. Abrí un ojo, vi el reflejo de la esfera en su muñeca y seguí durmiendo como si nada. A la mañana siguiente ya no estaba. Ni la siguiente ni la siguiente... No lo volví a ver. Hasta hoy. Cada vez que le preguntaba a mi madre dónde estaba papá, ella lloraba y lloraba, así que dejé de preguntar, hasta que en el colegio alguien me lo contó. Durante muchos años pensé que todo había sido una pesadilla y que mi padre iba a volver. Y, durante otros muchos, que la caricia había sido un sueño, que no vino a despedirse. Pero esa esfera tiene el tamaño del reloj de mi padre. Siento que es él.

Hacía años que conocía a Ampelio. Iba a todas las exhumaciones, ayudaba a la asociación en lo que podía, cedía su casa para que los voluntarios pudieran comer o dormir allí. «Mi padre son todos ellos», repetía cada vez que le entregaban a otro familiar, después de las identificaciones, un cofre de restos. En una ocasión, hace un par de años, fue él quien subió las escaleras del salón de actos de otro pueblo del Tiétar para recoger la cajita de huesos de una víctima a la que los expertos pudieron dar un nombre, Ramón Quiñones, pero no una familia. Cuando los llamaron para comunicarles que lo habían identificado en una fosa común, al otro lado del teléfono dijeron que no querían saber nada. «No lo puedo entender —me dijo entonces Ampelio—. Yo daría lo que fuera por encontrar a mi padre y poder enterrarlo junto a su mujer, que murió con su nombre en la boca». Ramón fue reinhumado en el cementerio del pueblo, con otros cinco hombres que lo acompañaron hasta la muerte, y una placa con su nombre. Todas las semanas Ampelio iba a ponerle flores. Había adoptado a un padre.

—¿Cómo se llamaba tu madre?

—María Luisa.

—Pues María Luisa estará muy orgullosa de ti.

Olga se retira y nosotros nos damos un abrazo. Todos nos hemos adoptado un poco entre nosotros.

Había pactado con Carmen que me avisaría cuando Petra, su abuela, estuviera en una racha buena para que fuera a hablar con ella a Vitoria. Medité la posibilidad de trasladarme allí unos días para no perder en la carretera ni un solo minuto de esas ráfagas de lucidez, pero la investigación también avanzaba en Cuevas, un testimonio llevaba a otro, el pueblo se estaba animando a hablar y no quería dejar solo a Topete, así que, al final, decidí esperar la llamada. Finalmente, necesitamos tres intentos, tres llamadas y tres visitas en un mes para que Petra hablara. En el primer viaje, cuando llegué, se alteró mucho. Ya le habían explicado quién era y por qué estaba allí, pero le angustió muchísimo mi presencia, tuve la sensación de que pensaba que iba a hacerle daño. «Discúlpame, Belén, anoche estaba estupenda. Nos estuvo hablando de recetas de su madre y cuando le contamos que venías porque había un grupo de personas buscando la fosa de Matilde se puso contentísima. La enfermedad avanza cada vez más rápido. Las rachas buenas ya no duran lo que duraban antes», me dijo Carmen. Salí de allí muy afectada, sobre todo, por el mal rato que había hecho pasar a una anciana, y porque me pareció imposible que Petra fuera a remontar, que llegara otra ráfaga de lucidez. En el segundo viaje, una semana más tarde, la encontré más tranquila, pero no me dijo ni una sola palabra y creo que no entendió ninguna de las preguntas que le hice. Por si acaso, en lugar de volver a Cuevas como la primera vez, reservé una habitación en un hostal y esperé en Vitoria. Esperar es un ejercicio difícil, sobre todo cuando no hay garantía alguna de que algo suceda. En esos casos, y este era claramente uno de ellos, no basta la paciencia. Es necesario disponer también de determinación, cierto optimismo y confianza en uno mismo, facultades de las que yo carecía. Siempre admiré a mis compañeros del equipo de investigación del periódico precisamente por eso. Eran capaces de dedicar meses a un mismo tema sin estar seguros de lograr el objetivo y, cuando no lo lograban, se enganchaban al siguiente asunto sin secuela alguna, frescos y animados como el primer día. Yo me subía por las paredes de aquel hostal a la mañana siguiente de que Petra, la hermana de Matilde, me mirase como quien mira las nubes pasar; me acribillaba a mí misma con preguntas que no sabía contestar, como ¿qué haces aquí? ¿Qué te has creído? ¿Y ahora qué? Y me sentía incapaz de contestar mensajes o planificar el siguiente movimiento. Hasta que la cuarta noche, Carmen volvió a llamar: «Vente ahora mismo si puedes» y fui corriendo, claro. Petra, sentada en un sillón de terciopelo verde, del mismo color que sus ojos diminutos, me pidió que me acercase. Carmen pensó que no le funcionaba bien el sonotone y volvió con otra pila, pero ella la rechazó: «No es por eso. Os oigo perfectamente». Al acercarme, me dio un abrazo y me dijo: «Llevo toda la vida esperándote». Me temblaron las piernas. De la emoción, de la tensión acumulada en esas cuatro noches. En ese momento, no me habría cambiado por nadie en el mundo. Me sentía el ser más afortunado sobre la Tierra.

Me regaló veinte minutos. Casi media hora de recuerdos y datos, descripciones y sentimientos, sobre su familia, sobre Matilde, su novio Fausto, su «pretendiente» Lorenzo... Yo nunca había sentido tanta responsabilidad. Me preocupaba no aprovechar bien esa ventana abierta que no sabía cuándo se iba a volver a cerrar. No acertar en las preguntas, perder un tiempo precioso y probablemente irrepetible. Pero Petra me lo dio todo hecho. Era como si, efectivamente, me hubiera estado esperando toda la vida para contarme la historia de su hermana, que era la historia de un pueblo y de un país entero. Aquella anciana con demencia relató, como si hubiera sido esa misma tarde, el encuentro con Marcial, uno de los asesinos de la Manada. «Me pidió perdón, pero no se lo di. Quizá hoy sí lo haría porque él vino, tú estás aquí y es posible que la encontremos. No debe haber nada más importante que eso». Antes de que la ventana se cerrase, me preguntó: «¿Entonces Lorenzo vive en Francia?». Le respondí que no sabíamos si seguía vivo porque desde que recibimos su carta nunca había contestado al teléfono. Dijo: «Yo creo que sí. Los supervivientes tardamos más en irnos porque nuestros muertos nos ceden los años que no vivieron. Me gustará verlo. A él también tengo cosas que decirle». Y entonces Petra cerró los ojos y se durmió. Cuando volví a la mañana siguiente, no me reconoció.

Carmen me hizo llegar, escaneadas, las cartas que Marcial había enviado a su abuela después del encuentro, documentos valiosísimos, la confesión de un crimen sin juzgar, el arrepentimiento de un asesino. En las señas que él había dejado por si Petra quería comunicarse algún día con él, en la calle San Bernardo de Madrid, vivía una pareja que no tenía nada que ver con Marcial, pero que había comprado el piso a sus sobrinos. No quisieron darme su teléfono, pero les pedí que por favor contactaran con ellos y les dieran el mío. Afortunadamente, lo hicieron. Cinco días después, estaba en el salón de su casa.

Mientras, Topete me informó desde Cuevas de que había localizado a un sobrino de Fausto en Plasencia que conocía bien la historia porque su padre, el hermano mayor del novio de Matilde, había escrito mucho de él en una especie de memorias que había hecho para sus nietas. «Me ha dicho que me las envía mañana y que lo llames cuando quieras. Estará encantado de ayudarte». Todo marcha.

9

Fausto

Incluso en un lugar tan pequeño como este, uno puede sentir que no encaja, que no tiene un sitio. En casa era el hermano del medio, es decir, una transición entre el mayor y el pequeño; entre Juan, que ya no era una boca más que alimentar, sino una menos, pues a los dieciséis años se había puesto a trabajar, y Pablo, que hacía que todos fuéramos un poco más cariñosos, más amables, mejores. En Cuevas tampoco tenía un papel, no había encontrado algo que me gustara de verdad y al contrario que la mayoría de mis vecinos, gente tranquila, acomodada a sus vidas, a mí me ponía muy nervioso la idea de tener que dedicar un montón de horas a algo que no me interesaba lo más mínimo. Solo me gustaba leer y beber. En eso era bastante bueno. Y a eso me dedicaba, a dar tumbos, a preocupar a mis padres, a prometerles que iba a hacer esto o aquello, trabajar unos cuantos días, dejarlo, gastar siempre más de lo que tenía, darle la razón a mi abuelo: «Este chico no sabe por dónde le sopla el viento».

Conocer a Matilde, quiero decir, conocerla de verdad, cuando empezamos a coincidir deliberadamente para hablar, para pasear, para saber más el uno del otro, cambió todo eso. Me cambió a mí. Entendí cuál era mi lugar, el espacio que quería ocupar, y, por primera vez, tuve un propósito: ella, mi vida con ella. La primera consecuencia de ese descubrimiento fue el orden: empecé a levantarme mucho más temprano, como si me hubieran instalado un despertador dentro del cuerpo; le pedí trabajo a don Damián y luego más trabajo, y lo mantuve, dejé de probar y de beber. Sin intentarlo siquiera, porque no fue un plan, una disciplina impuesta, como una dieta, me fui desprendiendo de todos los hábitos que me apartaban de ella y de mi propósito y adopté todos los que creí que me acercaban a mi vida con Matilde, al resto de mi vida. Ahorré. Con eso y un dinero que me prestó mi padre compré, primero, un terrenito, un trozo de suelo para levantar una casa, y luego seguí ahorrando para adquirir el material y pagar a los obreros que me ayudaron a levantarla. A Matilde le pedí que se casara conmigo el día que tuve una cerradura, las primeras llaves de algo mío, algo que solo quise desde el momento en el que tuve ganas de compartirlo. Como no me alcanzaba para un anillo, y además en Cuevas no hay joyerías, le entregué una copia de la llave de esa casa que era la suya porque no habría existido sin ella. Me pareció una buena señal de compromiso. A Matilde también.

La noche que vinieron a buscarme fue la primera que dormía en esa casa. Casi ni me dejaron estrenar la libertad, la autonomía. Primero fueron a buscarme a la de mis padres, preguntando por el Fausto de antes, el que aún no se había ganado su sitio en el mundo, y, tras aterrorizar a mi familia, vinieron a la mía, a por este hombre lleno de planes. No los esperaba, porque en mi etapa de apatía total, la era pre-Matilde, la política fue una de las cosas por las que nunca me interesé. Y confieso que en aquellos días terribles en los que sucedían cosas horribles a mí me costaba mucho involucrarme, sentirme interpelado o aludido, porque, mientras el resto del pueblo tenía miedo, yo tenía ilusión.

Después de todo, no había hecho nada para destacarme en ningún sentido. No tenía madera alguna de héroe ni de mártir. Mi única causa era Matilde. Quería aprendérmela entera, leerla una y otra vez, como ese libro favorito que siempre ofrece cosas nuevas. Éramos un par de inconscientes, supongo. Dos jóvenes que hablaban de boda en mitad de la guerra.

Ella se lo contó solo a su hermana, dijo que tenía que «preparar» a sus padres. Ya me conocían, todos nos conocemos en este lugar tan pequeño, pero me conocían como el hijo de Adela y Juan Francisco, el hermano de Juan y Pablo, el hombre al que tantas veces habían visto salir dando tumbos del bar.

No había hecho nada para destacarme en ningún sentido y, sin embargo, alguien me odiaba mucho. Tanto como para dar mi nombre, porque a los que vinieron a buscarme no los había visto en mi vida. Nada les hice y nada podían saber de mí. Hasta que me enamoré de Matilde solo me había hecho daño a mí mismo o a mis padres, los que más se preocupaban por mí. ¿Por qué quitarle la vida a alguien que no tiene nada, que no ha destacado por nada? Puesto que no había grandes razones o causas en mi vida, ya que lo único que yo tenía era el amor de Matilde, pienso que mis únicos enemigos fueron los celos, la envidia. Y aquí se abren varias posibilidades, porque ella tuvo sus pretendientes, no novios formales, pero sí hombrecitos que revoloteaban alrededor, intentando ganársela y que, por alguna razón en la que no pienso indagar, perdieron. Ella me eligió a mí, este hombre sin causas ni ideales que solo quería una cosa, hacerla feliz.

Y entonces pasó algo terrible. Algo todavía más terrible. Porque, y eso también lo aprendí aquellos días, todo, hasta lo peor, es susceptible de empeorar. La pobre Matilde, que vivía frente al ayuntamiento-cárcel, donde me llevaron para recoger al resto de vecinos a los que iban a fusilar esa noche, debió de oír algo o ver las luces, porque salió corriendo detrás de la camioneta pidiéndoles que parasen. Yo le pedí a gritos a la Manada que siguiera y a ella que se metiera en casa. Pero la Manada paró.

—¿Quieres venirte con nosotros?

—Sí.

Lo intenté todo para impedirlo, no pude hacer nada. Pero antes de oír la descarga, en lugar de ver toda mi vida pasar por delante, que dicen que es lo que te ocurre cuando estás a punto de morir, vi el futuro. Mi futuro con Matilde. Teníamos un montón de hijos, todos eran guapísimos, igualitos que ella. Se lo contaré. No me hará Dios esa faena de separarnos cuando hemos muerto solo por querer estar juntos.

10

Madrid

Madrid me daba miedo. Tenía muchísimas ganas de conocer a los sobrinos de Marcial, pero sentía que todo el equilibrio que había recuperado en Cuevas podía tambalearse al volver, aunque fuera solo por unas horas, a la ciudad donde permanecía todo aquello de lo que escapé. Pero no ocurrió nada de eso. Los parientes de Marcial me dieron mucha información, como si llevaran años, también, deseando compartir lo que sabían. Incluso me dijeron que, si encontrábamos la fosa, les gustaría estar presentes en la exhumación. Prometí que los avisaría. No pudieron enseñarme una foto suya porque Marcial se había encargado de destruir las que había e impidió, durante toda su vida, que le tomaran una más. También pidió que lo enterraran en el panteón familiar, pero sin su nombre, que consideraba una mancha para la familia y para la lápida.

Al salir de casa de los sobrinos de Marcial, he comido con Elena, la exmujer de Couto. Ella ha sido prácticamente mi única conexión con Madrid en los últimos meses, porque cuando pedí la excedencia la llamé para contárselo y me pidió que la mantuviera al tanto de la investigación en Cuevas. «Rodrigo tenía que haber hecho algo parecido —me dijo—. Lo animé a cogerse un tiempo fuera del periódico para escribir un libro o para dar clases, que fue algo que le ofrecieron muchas veces, pero estaba como bloqueado. Llevaba demasiados años viviendo de una manera y le faltó energía para cambiarla. Luego vino el diagnóstico». Creo que a las dos nos gusta mantener vivo de alguna manera el recuerdo de Couto, pero después de varias conversaciones por teléfono ya hemos superado esa fase en la que solo hablábamos de él, del vínculo que nos unió, para contarnos lo que nos ocurre a nosotras. Pasamos el rato charlando sobre el madurito del laboratorio que le tira los trastos y que es como le gustan a ella, «casi guapos» —«Se quedó a una nariz de serlo del todo, pero me encanta esa nariz grande, desproporcionada, puesta ahí para que nunca me aburra mirarlo»—, o sobre Jaime, el forense que a veces se pone colorado.

Después de comer con Elena, he vuelto a la consulta de Víctor. Le he contado las novedades de estos meses, me ha hecho algunas preguntas fáciles —sobre Alberto, sobre lo que duermo; sobre Carlos, sobre qué pienso ahora de él y de mí misma— y otras más difíciles —«¿Qué quieres para después, cuando se acabe la excedencia?»—, pero algo he debido de hacer bien porque cuando se cumplía la hora se ha levantado y me ha dicho:

—Señorita, tiene usted el alta. Deme un abrazo.

—Pero si no tengo ni idea de lo que quiero hacer a partir de ahora.

—Pero ahora mandas tú. Viniste porque no te fiabas de ti misma, porque te daba miedo volver a darle otra oportunidad a Carlos. El primer día hablaste más del periódico que de lo que te ocurría y hemos resuelto los dos problemas; ahora te preocupas de ti, te cuidas. Cualquier cosa que decidas estará bien porque has entendido que tienes muchas opciones: en el periódico, que vuelve a ser eso, un lugar, y no el centro de todas las cosas, y en la vida, que es lo que pasa cuando sales del trabajo, no al revés. De todos modos, puedes escribirme o llamarme siempre que quieras. De hecho, avísame, por favor, cuando pueda volver a leer *El Día*. Tú no lo sabes, pero soy uno de los suscriptores que se dio de baja al poco de llegar el tal Gallizo.

—Siempre pensé que te aburría cuando hablaba de eso.

—*El Día* ha sido mi periódico toda la vida, pero eras mucho más interesante tú.

Antes de volver a Cuevas, voy a Ikea para comprar una mesa nueva para el salón. Está, como siempre, lleno de esas parejas recientes que ayer hacían el amor en el sofá y hoy se odian con todas sus fuerzas porque son incapaces de elegir unos cojines. A él le valen los de tres por 9,99 euros; ella ya no puede imaginarse la vida sin los dos de terciopelo blanco que cuestan 19,99 cada uno. Están por todos los pasillos, con unos morros hasta el suelo, la mayoría muy jóvenes, pasando la prueba de fuego, acorralados en el laberinto en el que ya llevan mucho más tiempo del inicialmente previsto. «Cari, me estoy deshidratando. ¿Podemos irnos ya?», oigo junto a las alfombras. Tiene unos veinticinco, pero ya sabe cosas y utiliza hábilmente el mejor método que se ha inventado para superar la tensión: una broma. La reconciliación está a punto de producirse, pero se entromete una tercera persona, yo. Al oír al chico le he sonreído; él me ha guiñado un ojo, en señal de complicidad, y ella, que ha interceptado nuestro diálogo mudo, lo interpreta mal:

—Siempre igual. No descansas nunca. Es que ni en Ikea, macho.

Huyo siguiendo las flechas y los dejo allí, discutiendo por mi culpa. Los oigo todavía en el módulo siguiente frente a la mítica Billy de 59 euros —Ikea es un país donde están prohibidos los ceros—. Pienso en qué gusto venir sola y ahorrarme todo eso por lo que ya he pasado. Es como pasear por el aeropuerto después de haber facturado la maleta, ligera, sin tener que estar pendiente, como recuerdan constantemente por megafonía, de tus pertenencias. Atravieso la zona de camas y colchones, donde se está produciendo otra escena dramática: una chica llora tumbada sobre Åkrehamn, un colchón de espuma. El dependiente, LUIS, le pide que se incorpore, se sienta a su lado, le pasa la mano por el hombro: «¿Cómo te llamas?»; «Paula», responde ella entre hipos.

El novio, de pie, brazos cruzados, cara de furia, suelta un bufido.

—¿Y tú?

—¿Yo? Yo, Germán.

LUIS da unos toquecitos con la palma de la mano al colchón pidiendo a Germán que se siente a su lado. Es obvio que no es su primera vez. El chico, como es normal, duda, pero finalmente se sienta.

«A ver, yo me llamo Luis», dice LUIS señalando el nombre bordado en el chaleco y antes de pasar la otra mano por encima del hombro de Germán. Hechas las presentaciones y abarcados los novios por años de experiencia, el dependiente, que ha escuchado toda la discusión —porque la ha oído chiquinientas veces antes— propone una solución intermedia: «El Åkrehamn es una muy buena opción. Tienes muy buen ojo, Paula. Firme, espuma viscoelástica, de lo mejor. No debería decíroslo, pero, si os parece demasiado, hay uno muy parecido, el Åbygda, por 299. Apenas ibais a notar la diferencia y podéis usar esos cien euros para accesorios de cocina que vais a encontrar poco antes de llegar a las cajas». «Bueno, si nos llevamos ese podemos comprarnos la freidora de aire», dice ella reilusionándose. Germán asiente y LUIS se levanta y se va. Su trabajo está hecho. Me dan ganas de aplaudirlo.

Por fin llego a la zona que me interesa. Elijo una mesa más grande que la que tengo en casa y le pregunto al dependiente, CARLOS, si, al traerme la nueva, se pueden llevar también la vieja.

—¿Está en buen estado?

—No, tiene varios golpes, en la superficie y en las patas. Está para tirar. ¿La recogen de todos modos?

—Sí, por diecinueve euros más.

Puedes desprenderte de lo que ya no te sirve, de lo que te ha hecho daño, pero te va a costar. En mi caso, un año y medio de terapia con Víctor y diecinueve euros.

—Perfecto, muchas gracias.

La mayoría de las *low-cost* te captan con precios aparentemente imbatibles, por baratos, y cuando ya te tienen en sus manos, sin escapatoria —exhausto dentro del laberinto o frente a la puerta de embarque—, te empiezan a cascar recargos de todo tipo. El *modus operandi* es siempre el mismo. Uno piensa que necesita un sofá nuevo o viajar a tal sitio, pero no cae en que lo primero no cabe en el maletero del Ibiza y lo segundo requiere llevar una maleta.

De esas cosas te das cuenta después, cuando ya es tarde, y ellos lo saben. «¿Quiere que le llevemos el Kivik a casa? ¿Que lo montemos? No hay problema, son 59 euros más». «¿Ah, que pretende subir al avión con un par de calzoncillos, pijama y cepillo de dientes? Por supuesto, son otros cincuenta».

Discutimos con los dependientes o las azafatas como si fueran los CEO de la empresa y gritamos «nunca más», pero al final pagamos y olvidamos. Luego están esos héroes sin capa que pierden la primera mañana de su luna de miel presentando una reclamación en el aeropuerto, haciendo cola, leyendo directivas europeas, salvando su honor y el nuestro. Bravo por ellos. Si todos fuéramos así, seguramente habría justicia en el *finger* y paz en el mundo, pero la mayoría carecemos de ese espíritu guerrero o lo dejamos salir en otro tipo de ocasiones, y de eso se aprovechan las *low-cost*; cuando llega el momento, indemnizan a fulanito, pagan la multa y a correr. No es fácil ir contra el sistema que ha ido perfeccionando sibilinas y sofisticadísimas estrategias de permanencia, como esos endiablados manuales de instrucciones que siempre consiguen que te sobre alguna pieza. Un error de primerizos es decir «no» cuando te preguntan si quieres que, además de llevarte el Kivik a casa, te lo monten. Nada bueno ha salido nunca de ese exceso de confianza. Un acierto de veteranos es contratar a los montadores no homologados que te chistan en la puerta del Ikea, antes de entrar, para que te acerques y puedan ofrecerte sus servicios por la mitad simulando que te piden la hora. Somos tierra, capital y trabajo, y el capitalismo crece y mejora en la competencia. Tanto es así que el gigante sueco terminará subcontratando el montaje, ese ejército clandestino de manitas que merodeaban en sus instalaciones, para que repartan —y armen— muebles como si fueran pizzas, y finalmente adquirirán también esa empresa subsidiaria que les ahorra costes. Cualquier cosa menos tener que empuñar una llave Allen o levantar un día del suelo la Billy que te dio pereza «anclar» a la pared como recomendaba el dichoso manual.

Se supone que estoy curada, pero, por si acaso, evito cualquier contacto con el periódico. Ni siquiera aviso a Alberto de que estoy en Madrid. Sí llamo a Jaime, y, cuando quedamos, me doy cuenta de que es la primera vez que vamos a vernos en la ciudad donde ambos vivimos. Hasta ahora siempre había sido en un pueblo, cerca de alguna fosa, lejos de aquí. O sea, que también va a ser la primera vez que nos veamos sin que el trabajo —el suyo o el mío— esté por medio. Hoy vamos a vernos porque sí. Lo sé porque desde que nos conocemos nunca me había preocupado qué ponerme. Y porque hace mucho mucho tiempo que nadie me pone nerviosa.

Elige él el sitio y la cena. Me encanta jugar a eso, a delegar, a que me sorprendan. Acierta. Me gusta todo lo que elige para mí y cómo se comporta conmigo, como si no hubiera nada ni nadie más importante, deseando agradarme en cada cosa que dice o que hace. Todavía hay ese respeto entre nosotros, que hemos dudado hasta de cómo saludarnos. Hoy es la primera vez que lo hemos hecho como la gente normal, con dos besos.

—¿Cómo acabaste en esto? Siempre me ha llamado la atención que un médico, que es una profesión muy vocacional, se haga forense, es decir, que, pudiendo dedicarse a intentar salvar vidas, escoja a los que ya están muertos.

—Sí, puede parecer raro. Lo es. Los niños no quieren ser forenses de mayores. Yo tampoco quería. Cuando empecé Medicina, mi objetivo final era ser neurólogo, entrar en las cabezas. Me fascinaban los libros de Oliver Sacks, el pintor que deja de ver el color después de un accidente de coche; la profesora autista que solo es capaz de entenderse con animales; el ciego que, al recuperar la vista, descubre que no sabe ver... Si no los has leído, hazlo, te encantarán. Al final tiene mucho que ver con todo esto, con la memoria y cómo nos define; somos lo que recordamos. Luego no te creas que la medicina es más vocacional que otras profesiones. En mi promoción, por ejemplo, mogollón de gente quería especializarse en dermatología porque el dermatólogo no hace guardias, no ve cosas feas, no tiene, generalmente, que salvar vidas. También hay dermatólogos maravillosos y vocacionales, por supuesto. Una vez conocí a una mujer extraordinaria que montó en Asturias una unidad para atender a prostitutas con enfermedades venéreas. Pero era más la excepción que la norma. El caso es que yo no quería ser forense, sino neurólogo, quería ser Oliver Sacks, pero pasó algo, hubo un detonante...

Nunca lo había escuchado hablar tanto de sí mismo, así que ni se me ocurre interrumpirlo para decirle, por ejemplo, que sí, que claro que me he leído a Sacks y que a mí también me encanta.

—El hijo de los vecinos de mis padres, Sito, desapareció un día de casa. Tenía doce años. Vivían en un pueblo parecido a Cuevas, algo más grande, mucho más verde. Organizamos batidas con la Guardia Civil para buscarlo por el bosque, por todas partes. Había muchas hipótesis. La que más nos gustaba era que se había perdido, es decir, que solo teníamos que encontrarlo. La que menos, pues ya sabes, que alguien se lo había llevado. Incluso investigaron a los padres porque el abuelo de Sito había dejado una herencia considerable a su nieto, una especie de fondo para cuando cumpliera dieciocho, para que pudiera irse fuera a estudiar, aprender inglés, esas cosas...

—Me suena ese caso.

—Sí, al principio, venían muchos periodistas, entrevistaban a los vecinos, nos acompañaban en las batidas. Tus colegas fueron los que propagaron aquella teoría cruel por la cual unos padres se habían deshecho de su propio hijo por dinero. Ya ves, un día, aparece la tele, te para, te pregunta si conoces a menganito y a zutanito, dices que sí, hablas un poco de su hijo, que jugaba con el tuyo, que ha estado merendando en tu casa cientos de veces, que el pueblo está desolado... Y ves que el periodista levanta la vista buscando a otros porque lo que le estás contando ya lo tiene, ya se lo han dicho otras personas, no le sirve. O, quizá, estás enfadado con ese padre porque en el año de la pera te levantó a tal chica o te ganó a tal cosa y, entonces, cuando te preguntan otra vez qué crees que puede haber pasado con el chico, quién tendría motivos para hacerle daño, etc., dejas caer que, bueno, que el abuelo le dejó mucho dinero, porque antes de morir vendió unas tierras muy buenas que tenía y la madera de los árboles. O sea, por vanidad, para hacerte el interesante, porque te has dejado impresionar demasiado por el hecho de que una cámara se interese por ti; o por enemistad, porque los sitios pequeños funcionan así, son redes de odios y afectos que se van tejiendo con el tiempo, enmarañándose y heredándose, de repente sueltas algo así.

—Muchos de los que has sacado de fosas y cunetas terminaron ahí por eso. Denuncias de vecinos.

—Exactamente, sí. Y los otros, o algunos de los otros, vecinos con los que has coincidido durante años en todas partes, porque en un pueblo así te ves tres veces al día, empiezan a dudar de ti.

—El algo habrá hecho...

—Eso, algo habrán hecho. Y el niño no aparece. Pasan los meses, los periodistas se van. La gente se olvida. Se olvida porque desaparecen otras personas: una chica en Valencia, un hombre mayor en Galicia..., hay nuevas noticias, la atención se va hacia otro lado. Incluso en un sitio tan pequeño como ese. El dolor se comparte al principio, cuando alguien conocido te comunica que tiene tal enfermedad grave o que ha muerto su mujer, y después de dispersarse, de repartirse en la comunidad entre las personas que conocen al que sufre y sus circunstancias, el dolor vuelve a concentrarse en el que lo padece, quien, a menudo, sufre más según avanza el calendario, cuanto más tiempo ha tenido la herida para ocupar los tejidos y los pensamientos. Los amigos que llamaban para interesarse por tu tratamiento de quimio o por tu duelo regresan a sus cosas, a sus rutinas, dejan de llamar, y el enfermo, el viudo, esos padres destrozados... se quedan solos con su dolor. Dos años después, el mundo entero había entendido que aquel niño estaba muerto porque, si se hubiera perdido, alguien lo habría encontrado y se habría puesto en contacto con sus padres. El mundo entero menos ellos dos. Por las mañanas se despertaban pensando que ese podía ser el día en que Sito entrara por la puerta. Y, curiosamente, era esa esperanza, esa incertidumbre, lo que los iba matando poco a poco. Se olvidaban de comer y de dormir. Apenas salían de casa. No hablaban con nadie. Seguían vivos por la única razón de que respirar es un acto mecánico, que hacemos sin darnos cuenta, pero dejaron de hacer todo lo que depende de la voluntad: alimentarse como es debido, asearse, comunicarse... Eran muertos en vida. Es una expresión muy precisa. Puedes estar muerto y seguir con vida. Yo vi cómo se morían, cómo se iban consumiendo, porque, aunque estudiaba en Bilbao, todos los domingos iba a comer a casa de mis padres en el pueblo. En la sobremesa jugábamos a ignorar que en la casa de al lado había entrado la muerte; yo hablaba de exámenes, mis padres me preguntaban: «¿Qué tal de chicas?». Pero, antes de volver a Bilbao, timbraba en su puerta para darles una tortilla que había hecho mi madre o unos bollos de azúcar que les había comprado en la pastelería que había junto a mi piso de estudiantes, o para preguntarles si necesitaban algo, si podía ayudarlos de alguna forma. Y era terrible ver que no, que eran dos personas inconsolables, que no había nada que los demás, los que aún seguíamos vivos, pudiéramos hacer por ellos. Alguna vez me crucé con el inspector que llevaba el caso, José Luis, quien también cogía de vez en cuando el coche y llegaba a aquella casa vacío, sin ideas, sin buenas noticias, sin nada que pudiera aliviar a esos padres. Un día hablamos más rato, cuando él salía. Puso a caldo a tus colegas, dijo que los padres habían quedado descartados desde el principio. Le pregunté si, tanto tiempo después, seguían buscando al niño. Me explicó que nunca se rinden; que, por desgracia, tienen un tablón enorme lleno de fotos de desaparecidos, algunos desde hace dos décadas o más, y que tienen un método por el cual, cuando pasa un año sin que se haya resuelto, alguien ajeno a la investigación coge el expediente y lo repasa entero de nuevo, por si se les ha escapado algo. En el segundo aniversario de la desaparición, le entregaron el expediente a una inspectora joven recién llegada a la unidad. Se obsesionó con el caso. Es frecuente que pase eso. Tengo un amigo psicólogo que trabaja en la Policía y lo ve constantemente, sobre todo con desapariciones, porque para digerir lo que sea, incluso lo más duro, necesitamos entenderlo y para entender una desaparición hace falta un cadáver, un cuerpo. El tema es que la mujer volvió muchísimas veces al sitio donde lo habíamos estado buscando, en el bosque, que estaba relativamente cerca de la casa porque en el País Vasco la naturaleza siempre está cerca. No es, como también se dijo en la tele, que los padres fueran unos irresponsables que dejaban que un crío se fuera al quinto pino solo. Allí el bosque es el patio, una extensión de tu casa. A Sito le encantaba ir, coleccionar hojas, quería construir una casa en el árbol para él y sus amigos y el día que desapareció, de hecho, había dicho que iba al bosque con ellos, aunque al final fue solo porque a los otros no los dejaron o no estaban. Tampoco sé cuántas veces volvió aquella inspectora al sitio, pero un día encontró…

—Un cromo de fútbol. Ahora lo recuerdo.

—Eso es. Un cromo de fútbol sobre el que había llovido, nevado, que quizá se había movido de sitio pegado a algún zapato. Pero, al fin y al cabo, la huella de un niño. José Luis cogió el coche y fue a comunicar a aquellos padres el hallazgo mientras un equipo de la Guardia Civil volvía a peinar la zona. Regresaron los periodistas, la atención. Volvieron a interrogar a todo el mundo. Y entonces una chica del pueblo, María, que también era una celebridad vecinal en las conversaciones porque la pobre se había quedado embarazada con catorce años y se había intentado suicidar, habló. El bebé no era de su novio, otro chico del pueblo, sino del profesor, un hombre de nuestra edad, casado, con hijos, que el curso siguiente a la desaparición de Sito no volvió; dijeron que había conseguido plaza en un cole privado de Donosti, él era de allí. Solían citarse en el bosque, en un sitio que a él, por ser de ciudad, debió de parecerle discreto, apartado. Pero aquel día, Sito, que estaba subido a un árbol, los vio. Según contó la cría, el niño saltó, asustadísimo, y salió corriendo, ellos detrás de él. Cuando estaba ya a punto de llegar al río, se desplomó. La cría contó que intentaron reanimarlo, pero que estaba muerto, y el profesor la mandó a casa y la amenazó. Le dijo que si hablaba enviaría a todo el mundo unas fotos eróticas que le había hecho. Y durante muchísimo tiempo no habló, pero el secreto casi la mata a ella también. Las cosas más horribles a veces pasan en los sitios más pequeños. Detuvieron al tipo, que terminó confesando y señalando el sitio donde lo había enterrado. La autopsia confirmó que el niño tenía una malformación en el corazón que nunca le habían detectado, coherente con aquel relato. No tenía más golpes y los forenses descartaron que hubiera sufrido. Otra prueba de saliva confirmó que el crío de María era del profesor. Lo condenaron y lo metieron en la cárcel, claro. Y aquellos padres pudieron enterrar a su pequeño, entender, aprender a vivir de nuevo. Hay una parte de la medicina muy importante que, efectivamente, consiste en salvar vidas. Esa, en este caso, había fallado, porque en doce años no detectó el problema que tenía Sito. Pero hay otra rama, la forense, que ayuda a hacer justicia. Y a esa es a la que yo, finalmente, me quise dedicar. No sé si me he explicado bien.

—Perfectamente. Además, he tenido la suerte de verlo en directo muchas veces en la escena del crimen cuando destapas los esqueletos de los desaparecidos del franquismo.

Jaime sonríe. Le agrada mi piropo, porque lo es.

—¿Y alguna vez te has obsesionado con algún caso, como la inspectora? No debe de ser agradable ver lo que ves.

—Bueno, al contrario que aquella inspectora joven, o que su jefe, José Luis, que lloraba como un niño en el entierro de Sito, normalmente yo no llego a conocer a los familiares del cadáver sobre el que trabajo, me dan unos datos básicos, los necesarios, y ya está. Las únicas veces que estoy en contacto con las familias de las víctimas es precisamente con las fosas de la guerra, y ahí veo esqueletos, huesos, no rostros. Eso ayuda. Pero sí hubo un caso con el que me obsesioné. El niño sin nombre que apareció en la fosa de Víznar, ¿lo recuerdas?

—Sí. Tenía una goma de borrar y un lápiz.

—Eso es. Una goma de borrar y un lápiz junto a los huesos de la cadera. Y ahí imaginaba un bolsillo, y, al ver el bolsillo, veía la mano, y a un niño mordiéndose las uñas, dibujando, empujando un cochecito por la superficie de una mesa. Y le ponía pelo y me lo imaginaba moreno, como mi sobrino. Y veía los dientes, esos dientes de niño, y lo oía reír. Y veía el impacto de la primera bala, cómo atravesó el cráneo, orificio de entrada y de salida, y el de la segunda, que se quedó dentro, y lo imaginaba aterrorizado mirando de frente a sus asesinos. En el laboratorio, al examinar los huesos con detalle, le puse edad, una edad aproximada, entre diez y catorce años. Tenía otros diez esqueletos encima, es decir, que lo mataron al primero. Creemos que uno de ellos era su padre y que por eso los asesinos dispararon también al crío, porque lo siguió, porque se fue con él, pero nunca pudimos ponerle nombre, darle una identidad. Y soñaba con él. Mucho. Sí, me obsesioné. Y tuve que cogerme una baja, parar, ir a terapia y aprender a digerir todo aquello. Ahora estoy bien. ¡Hala! Menuda chapa te he metido, perdóname.

Le digo: «De chapa, nada», aunque lo que me apetece es abrazarlo y no volver a soltarlo nunca más. Pero el camarero ha aprovechado la pausa para acercarnos la cuenta. Se han vaciado todas las mesas y solo quedamos nosotros. Jaime dice: «Nos acabamos el vino y nos vamos», pero la botella está ya vacía. Creo que los dos hemos bebido algo más de lo que solemos para ayudar a hacer esa transición entre lo profesional y lo personal, para perdernos un poco el respeto.

El camarero que nos ha acompañado a lo largo de la noche, hay que decirlo, ha estado impecable. Se le nota la mili, la veteranía. Sabía en qué punto estamos, probablemente mucho mejor que nosotros mismos, nos ha leído enseguida. A partir de ahí, ha hecho las bromas precisas, sin pasarse, y sobre todo en los primeros minutos, cuando Jaime y yo no sabíamos muy bien de qué hablar, porque los dos éramos muy muy conscientes del cambio de contexto, nos ha ayudado muchísimo. Él venía, nos decía alguna cosa, se iba y nosotros nos quedábamos un rato comentando lo que nos había dicho, calentando la conversación. Me recuerda al gran LUIS de Ikea. En todo caso, había sido un buen cómplice y le dejamos una buena propina. Se la merecía.

—Para que no pienses que soy un forense rarito, ahora vamos a hacer algo alegre, te voy a llevar a bailar. Pero no pongas esa cara de susto. La verdad es que hace mucho que no bailo.

—Ah, el viejo truco de rebajar las expectativas... Serías buen político.

Me doy cuenta de lo que me gusta este hombre por el miedo que tengo a defraudarlo, a hacer el ridículo. Hace unas horas me atreví a ser condescendiente con las parejitas de Ikea y esta es mi penitencia. Hay cosas que no cambian tengas quince o treinta y cinco años y esa es una de ellas.

—Yo también estoy nervioso, ¿eh? Vamos a hacer una parada técnica antes para tomarnos una copa en un sitio que creo que te va a gustar y me cuentas algo tuyo, que casi no te he dejado hablar. Lo que tú quieras, tema libre.

Con un gin-tonic providencial en la mano, decido contarle una vieja experiencia vital: mis clases de zumba. Es una forma de anticiparle mi falta de coordinación y sirve también para que nos riamos con ganas, varias veces.

—Yo llevaba sin hacer deporte como desde COU, pero, de un día para otro, mis grupos de WhatsApp se convirtieron en centros de alto rendimiento. Mis amigas, sus maridos, todo quisqui empezó a prepararse para el maratón de tal o de cual y a ponerse macizo, y entre eso y la crisis de los treinta y tantos me pudo la presión. Yo no entiendo correr sin que te persigan, siempre me asustaron los de las bicis locas, esa gente que pedalea en el sitio como poseída por una música infernal, y me daban miedo esos aparatos del demonio con unos brazos que te atacan, así que decidí apuntarme a zumba, que me pareció una manera de sudar y divertirse. Una hora de baile intenso. Ja. El primer día me presenté en el gimnasio en chándal, con una camiseta de propaganda y mis Reebok blancas, impecables, de COU. En ningún país del mundo me he sentido tan turista. Me recibió la tribu del ojo pintado, todas ellas monísimas con sus tops y mallas de fibra de carbono. El culo del profesor, Álex, le nacía aproximadamente a la altura de la coronilla. Tenía músculos en los músculos y se movía tan bien que producía un efecto hipnótico: varias veces me di cuenta, al verme en el espejo de la vergüenza, el que presidía la sala y te devolvía el reflejo de tu descoordinación, de que me había quedado quieta para mirarlo. El resto del tiempo, como te puedes imaginar, pisaba y repartía manotazos y codazos a babor y estribor, mareada como una peonza. Me costó varias semanas memorizar las coreografías llenas de gestos obscenos, tan difíciles de imitar para las que somos sofisticadas y un poco tímidas. Pero el ser humano se equivoca y aprende, corrige y se adapta, y al mes ya no volvía a casa corriendo para ponerme conciertos de Otis Redding o fados de Amália Rodrigues, cantaba en la ducha aquellos espantosos hits de reguetón y, sin ser aquellos movimientos de ritual de apareamiento que desplegaban mis compañeras, también yo perreaba, todo lo que puede perrear una gallega que fue a un colegio de curas. Un día dejé de ser la nueva porque apareció otra: una señora de unos cincuenta y tantos, que iba, como yo mi primer día, en chándal, y que mordía, nerviosa, una cadenita de oro que llevaba al cuello. La pobre mujer me preguntó, antes de empezar: «¿Es muy intensa la clase?». Pude, debí, decirle toda la verdad: que sí, que ese culo en la coronilla del profesor obedecía a que el muy bestia metía sentadillas, flexiones y patadas al aire en mitad de las canciones; que iba a sufrir y lo iba a pagar con sudor; que nos pisaría, nos daría manotazos y codazos y que, al volver a casa, humillada, rota por varios sitios, esa noche haría una lista por escrito de las cosas que sí hacía bien en la vida. Que las agujetas durarían varios días, —peor el segundo que el primero, el tercero que el segundo—, pero que se recuperaría y entonces iría, como hice yo, al Decathlon para tirar el chándal y volver a clase con la cabeza alta y unas mallas nuevas y ultraligeras. Allí la estaría esperando yo, su cómplice, su aliada frente a la tribu del ojo pintado que sí sabía hacer los movimientos obscenos —por algo sería— y que terminaba la clase con la coleta y el *eyeliner* en su sitio. ¿Pero qué hice, querido Jaime? Mentí. Mentí para hacerme la listilla de zumba —a eso había llegado— y le dije: «No, no es muy intenso. El primer día cuesta un poquito, pero, vamos, nada». Como soy mala, pero no tanto, la busqué para mandarle esas miradas de complicidad y ánimo que tanto hubiera agradecido yo en mi primer día, pero la última vez que lo intenté ya no estaba. Ella se rindió antes de los cincuenta minutos y a mí los remordimientos me persiguieron varias semanas. Había reventado la oportunidad de tener mi primera amiga de gimnasio. Al final fue con el profe, con Álex, con el que más intimé. Era una fuerza de la naturaleza, una escultura griega, y un encanto: llegaba siempre con un humor excelente, no dejaba de sonreír en toda la clase, como si se hubiera tragado una percha, y ponía todo su empeño en hacernos creer que era posible tener el culo en la coronilla; llegar, algún día, a movernos como se movía él. Tenía, eso sí, una costumbre espantosa. De vez en cuando gritaba: «¡Por parejaaaaaas!». La primera vez me pilló totalmente desprevenida. Fue todo muy rápido y a mí me faltaron reflejos. Cuando quise reaccionar, ya era tarde: toda la clase estaba emparejada salvo yo. Intenté esconderme desde mi sitio —la última fila—, pero Álex, que tenía visión panorámica, me cazó y gritó: «Tú, ¡conmigo!». En un gesto desesperado, intenté hacerme la sorda, lo que en zumba no tenía mucho sentido. Miré fijamente al suelo, suplicando que me tragara en ese momento y me volviera a escupir a la superficie cuando la clase hubiera terminado. Pero Álex me llamaba y me llamaba. Todas las parejas me miraban. No tenía escapatoria. Levanté entonces la cabeza y lo vi esperándome en la primera fila con su sonrisa perenne. Negué con la cabeza y creo que hasta se me escapó una lágrima, pero él debió de confundirla con sudor porque me cogió de la mano y me llevó hasta su sitio, delante de todo, a apenas unos centímetros del espejo implacable. Estaba condenada. Antes de que empezara la canción más larga del mundo, toda mi vida pasó por delante, proyectada en el espejo: cuando fui la gorda de la clase, el vestido de la primera comunión —con cancán, a quién se le ocurre—, los primeros Levi's de Portugal, los exámenes de selectividad, aquel novio, este otro, mudanzas, vacaciones, cumpleaños... Supe que aquello iba a ser un desastre, entre otras muchas cosas porque yo llevaba un mes sin ir a clase y todas las coreografías eran nuevas. Y sonó la música. Si ya es difícil bailar solo, siguiendo los múltiples pasos que caben en dos acordes de reguetón, intentar coordinarlos con otro es, simplemente, misión imposible. En el primer tramo de la canción más larga del mundo pisé varias veces a Álex y le di unos cuantos manotazos que él, hay que decirlo, encajó con mucha deportividad y sin perder la sonrisa. Al final conseguí imitar parte de la coreografía, pero siempre en diferido, es decir, yo hacía los pasos cuando el resto de la clase ya estaba a otra cosa: unas piruetas, unas sentadillas... Cuando al fin terminó el suplicio, Álex me dijo: «Qué graciosos sois». Lo dijo así, en plural y en masculino, y pienso que se refería al común de los mortales. Yo regresé, efectivamente mortificada, a mi sitio en la última fila sin atreverme a mirar a mis compañeras, que aún se reían. Cuando tres canciones más tarde, Álex lo volvió a hacer —«¡Por parejaaaaaas!»— agarré rápidamente a la chica que tenía al lado por el brazo izquierdo. Su antigua pareja la agarraba también por el derecho, pero yo decidí que ese brazo y yo íbamos a ir juntos al fin del mundo. Resistí. Fueron unos segundos violentos, muy tensos, pero, finalmente, la otra chica se rindió y soltó a mi compañera. Le pregunté cómo se llamaba porque la noté algo asustada. No dimos pie con bola. Pero nos reímos tanto que ella casi se ahoga a mitad de la canción.

Jaime llora de la risa.

—¿Y por qué hablas en pasado? ¿Dejaste de ir?

—Por supuesto que dejé de ir. Pasó una cosa, bueno, varias cosas. Yo iba allí, básicamente, a olvidarme de quién era, a interpretar ese personaje marciano al que empezaba a gustarle el reguetón, cuyas canciones ya me sabía de memoria. —El oído tiene a veces razones que el corazón no entiende—. En aquellas tres horas a la semana desconectaba totalmente de mí misma porque zumba exige memoria de elefante y muy poca vergüenza, así que digamos que el resto de mis facultades, o mis facultades, las que sí tenía, quedaban anuladas en el gimnasio. Es lo que explica que no me hubiese enterado de nada de lo que estaba ocurriendo realmente allí y es que Álex se había tirado a media clase.

Una tarde, se presentaron en la sala, poco antes de empezar, dos chicas nuevas, algo más jóvenes que la media y monísimas. Resultó que una era la novia de Álex, y la otra, la hermana de ella, que venía de apoyo moral. Como yo solo tenía ojos para el profe, porque si me despistaba un segundo se me iba el paso, no me di cuenta de que las nuevas incorporaciones estaban perturbando nuestra paz y sincronía, preguntando fila por fila cosas al oído de las chicas. Álex, enfadado, cogió el mando, paró la música y dijo algo así como: «Maribel, ya está bien. Lo que tengamos que hablar lo hablamos en casa, pero déjame trabajar, por favor». Maribel refunfuñó y Álex volvió a poner la música, pero dos canciones después se repitió la jugada. «¡Fuera de clase!», gritó entonces él dirigiéndose a su novia. «Claro, para que no vea lo que haces, ¿no? ¿Es esta gorda a la que te estás tirando?», dijo la ya archifamosa Maribel señalando a una de mis compañeras. La gorda, que no era tal, aunque estaba francamente fuerte porque también hacía *crossfit*, se puso colorada como un tomate. Comprensible, humano, pero prueba inculpatoria. «¿Con ella también?», gritó entonces alguien desde la primera fila. Se lio la marimorena porque en todas las filas había alguna chica que se hacía esa misma pregunta, y la pobre Maribel estaba descubriendo que su novio no tenía una amante, sino del orden de quince, que eran todas las que estábamos allí, menos, básicamente, una chiquita que se había incorporado hacía una semana y yo. «¡Eres un cerdo! Te has tirado a medio gimnasio, ¡hijo de puta!», gritaba Maribel en medio de una canción de perreo que, curiosamente, describía con precisión lo que estábamos viviendo en directo. —Álex había vuelto a poner la música en un intento de retomar la clase y recuperar el control—. La hermana de Maribel se acercó como a pegarle, pero algunas de sus amantes salieron a defenderlo. También había otras intentando que se tragase la cinta elástica con la que hacíamos ejercicios de tonificación. No quedó más remedio que parar la clase; el grupo se dispersó intentando conseguir más información en las duchas: fechas, nombres, número de veces..., y nos quedamos solos Álex y yo. «Te pido mil perdones, Belén. Estoy muerto de la vergüenza», me dijo. «No te preocupes, estas cosas pasan» o alguna tontería por el estilo debí de responderle yo. El caso es que me preguntó si podía invitarme a una caña para explicarme con detalle lo que había ocurrido y disculparse. Yo no tenía interés alguno en todo aquello, y mucho menos en los detalles, pero nunca he dicho que no a una caña, así que salimos, ya duchados y vestidos como gente normal —más yo que él, que seguía en pantalón corto—, al mundo exterior. Álex hablaba tan bien de Maribel que era obvio que no le atraía nada: «Es muy buena niña»; «Un encanto de criatura», «Me cuida muchísimo»... Parecía un abuelo hablando de su nieta y me puse enseguida del lado de Maribel. «Pero tú ya sabes —prosiguió él— que entre adultos a veces surge una atracción bestial, imposible de contener, y lo malo que es reprimirse, cómo se agarrota el cuerpo cuando no le das lo que te pide». Me hubiese reído a carcajadas, pero ese «tú ya sabes» y el «entre adultos» me dio mala espina. Una vez fuera del gimnasio y ya en vaqueros, yo había recuperado mis facultades. Y no me equivoqué, porque a continuación, cogiéndome la cara con sus dos manazas, me soltó: «Tú y yo, por ejemplo. Es evidente que hay una conexión brutal —usaba mucho esa palabra, «brutal»— desde el principio. Me muero de curiosidad y sé que tú también. ¿Está cerca de aquí tu casa?». Ahí se acabó zumba para mí.

—Menudo jeta. Pero ¿qué le dijiste?

—Había múltiples opciones de respuesta, pero tomé una decisión rápida pensando en qué podía sacarme antes de allí. Para evitarnos la negociación que yo ya veía venir —el no me engañes, no te reprimas, sé que eres fuego por dentro y ese tipo de cosas—, le di, más o menos, la razón. Le dije que era, efectivamente, obvio que entre nosotros había una atracción brutal, pero que era muy difícil encontrar a un buen monitor de gimnasio; que yo estaba encantada con sus clases, que eran las mejores de todo Madrid, y que no quería arriesgar esas tres maravillosas horas de zumba a la semana por un polvo que seguro que iba a ser brutal, pero que podía arruinar esa relación tan bonita que ya teníamos de profesor-alumna y todo lo que había aprendido con él.

—¿Y se lo tragó?

—¡Vamos! Le conmovió muchísimo. Volvió a cogerme la cara con sus manazas, me plantó un beso —eso sí que no pude impedirlo— y con lágrimas en los ojos me dio las gracias. Yo apuré el tercio de un trago, dejé diez euros en la barra, me fui y nunca volví a zumba.

—Me encantas.

Jaime pronunció la frase perfecta. Una frase a la que yo siempre he sido muy impresionable. Sencilla, directa, ni cursi ni macarra, las dos palabras justas, suficientes para que alguien que no te gusta empiece a gustarte o para que el que te gusta un poco te guste del todo.

—Bueno, una vez compartida esta información importante, estoy lista para ir a bailar.

Jaime me guiña un ojo y coge mi chaqueta. Puede, a estas alturas, que sea el alcohol o el tiempo que hace que nadie me pone nerviosa, pero creo que guiñar el ojo es un arte, hay que saber cuándo y cómo, y en mis treinta y cinco años he visto a mucha gente meter la pata, hacerlo cuando no procede o hacerlo mal, dándole más importancia de la que tiene y anulando por completo ese efecto intrigante que provoca un ojo bien guiñado en el momento oportuno. Jaime lo ha hecho de diez. Como lo habría hecho Humphrey Bogart. Cuando procedía, sin detenerse demasiado a pensarlo —en cuanto lo ha hecho ya se ha puesto a otra cosa, coger mi chaqueta y agilizar la salida—, y yo siento verdadera curiosidad, que es la mejor sensación en estas coyunturas entre la población general y entre los periodistas en particular. Hay algo mágico en el hecho de no saber qué viene después, qué vas a oír o qué va a pasar. Couto lo sabía bien. Por eso disfrutaba tanto cuando le sorprendían, cuando le regalaban la oportunidad de decirle al lector, ¿recuerda este tema, este personaje? Pues no tiene nada que ver con lo que pensábamos. A lo mejor, Jaime se tuerce, como se desinfla casi todo sobre lo que ponemos demasiadas expectativas, pero, de momento, me intriga. Y todas las pasiones que manejo han tenido que ver siempre con eso.

11

Matilde

Sé adónde se dirige esta camioneta. Fausto me grita, quiere tirarme en marcha. Forcejeamos hasta que uno de estos hombres que nos odian sin conocernos le pega con la culata y lo deja semiinconsciente. Cuando se espabila, vuelve a intentarlo: «Los distraemos, y, cuando te haga un gesto, te tiras», me dice. Pero ya no hay escapatoria posible, así que le digo al oído: «No lo gastemos discutiendo. Te lo ruego». Sangra por la frente como un cerdo y al acercarme noto que está caliente, el cuerpo se resiste al último frío. Llora desconsoladamente. No me hace caso. Trata de convencerme de que aún puedo vivir, intenta todas las opciones: que huya, que me dejen libre. Cuando la camioneta se detiene, insiste, una vez más: «Corre, te lo suplico. No pueden vigilarnos a todos». Medito el plan, pero decido que si lo obedezco hay muchas posibilidades de que él se interponga para que no me disparen y que el amor de mi vida se muera delante de mí. Y, después de todo, si me he subido a esta camioneta es para que eso no ocurra, para morirnos a la vez, juntos, sin tiempo para ver cómo destruyen al otro. Para no tener que aprender a vivir sin él. La única ventaja de irse pronto es esa, no ver morir a los que quieres.

Fausto estuvo siempre ahí, y, sin embargo, yo tardé mucho en darme cuenta. ¿Cómo es eso que dicen? Los árboles no dejan ver el bosque. Eso es. Me lo tapaban los árboles, los otros, esos pretendientes con los que malgasté tanto tiempo. Me duele pensar que uno de ellos puede tener algo que ver en todo esto, es decir, que todo esto sea culpa mía, porque a Fausto, que yo sepa, jamás le interesó la política. Quizá son solo imaginaciones mías... No llegamos a ser novios, y alguna vez se lo dije así, con todas las letras, pero me dejé acompañar a algunos sitios. Sé que él pensaba mucho en mí. Yo no pensaba nada en él. Para cuando le expliqué a Lorenzo que me gustaba otro, ya nos habían visto muchas veces juntos y sé que se sintió humillado. Eso pude haberlo evitado. ¿Ha pasado todo esto porque no supe tener una conversación desagradable a tiempo? Quizá. Al principio, no quise decirle quién era el hombre que a mí realmente me interesaba porque en ese momento ni el propio Fausto lo sabía, pero, durante las siguientes semanas, Lorenzo se dedicó a espiarme. Pasaba conmigo casi todo el tiempo, a veces mal escondido a una cierta distancia; otras, disimulando en un grupo, en otra conversación en la que yo estaba presente. De un modo u otro, cada vez que me daba la vuelta, él estaba allí.

El tiempo que transcurre entre que nos colocan y nos disparan, entre la vida y la muerte, pasa muy rápido, pero de algún modo también es el mejor aprovechado porque, al intuir el cuerpo que no habrá más oportunidades, los cinco sentidos se afanan en el último servicio. Me doy cuenta, por última vez, de la altura de los árboles que nos ocultan y que se pierden en el cielo negro, y, al oír la música que hacen al moverse, imagino el ruido de las olas que nunca he visto. Debe de ser un murmullo parecido. En la lengua paladeo el último beso de Fausto, que sabe a café, y respiro su olor, ese olor que podría identificar entre miles. Hago inventario de mis cosas, las que son solo mías: el vestido de los domingos, la ropa del día a día, los pendientes del día que nací, mis únicos zapatos, las cartas de Fausto, la llave de su casa, nuestra casa, caliente en mi mano derecha, dentro del bolsillo… ¿Se avergonzará mi madre al leer las ganas que me tenía Fausto? ¿Se pondrá triste al saber que no me conocía tanto, que pude ocultarle, entre las cuatro paredes que compartíamos, que había empezado a querer de una forma distinta a la que me enseñaron? ¿Quién se pondrá mi vestido? Ni a ella ni a mi hermana les sirve. ¿Lo desharán para reutilizar la tela? También yo me convertiré en otra cosa; se llenarán mis ojos de tierra hasta desaparecer; dejaré de ser agua y piel y se secarán todos los órganos, algunos sin estrenar si quiera. Me habría gustado tener una camada de hijos con este hombre que ahora me estruja la mano y pasearlos por el pueblo, dirigiéndolos orgullosos como un rebaño hermoso y sano, pero no va a poder ser.

12

Todo se mueve

Topete, un hombre que no conocía hace apenas unos meses, ha sido el primero en felicitarme. A las doce de la noche me envió un mensaje: «¡Feliz cumpleaños, Belén! Gracias por estos días tan emocionantes. ¿Quedamos mañana a comer con Lucía?». Llevábamos un tiempo sin vernos porque ha estado enfermo e insistió mucho en que prefería no ver a nadie para no contagiar. Cuando llego al bar, dentro están casi todos los vecinos de Cuevas, también Jaime, Antoñito, Elvira y César. Lucía me cuenta que Jaime habló con Topete y entre los dos montaron la fiesta sorpresa.

Tardo un rato en comprender todo lo que ha pasado estos meses, en abarcar la logística necesaria para que el pueblo escondido al que llegué el primer día esté casi entero hoy aquí, cantándome cumpleaños feliz. Han cocinado, inflado globos, guardado un secreto para mí. Quiero a esta gente como si fuera mi familia y me conmueve ver que también me aprecian. Amparo, la mujer que me recibió en su casa con mala cara y una tortilla francesa, me regala una cesta con productos riquísimos de la zona: vino, quesos, pastelitos... «Es para dos», me dice guiñándome un ojo. César me trae, enmarcada, la foto que nos hicimos en la jornada de puertas abiertas en la fosa de Santiesteban y un ramo de flores enorme; Lucía me ha hecho una blusa preciosa y entre todos me han regalado una caja de esas experiencias para pasar una noche en un balneario de Ávila después de unos masajitos...

Jaime se acerca a darme dos besos.

—Muchas felicidades, Belén. Dime la verdad, ¿te olías algo?

—¡Qué va! Nunca me han hecho una fiesta sorpresa. Millones de gracias.

—Bueno, lo hemos organizado entre todos.

—Esa no es la información que yo tengo.

—Lucía es tremenda.

—Una periodista nunca revela sus fuentes.

—Luego te doy tu regalo. Lo tengo en el coche.

—¿Hay regalo también?

—¡Pues claro! ¿Es tu primera fiesta de cumpleaños o qué? A ver, ¿qué hiciste en el cumpleaños del año pasado?

Me da vergüenza contárselo. Yo misma lo había olvidado completamente. El año pasado trabajé hasta tarde y por la noche, Alberto, como había prometido, llamó a la puerta de mi casa. Traía sushi, un ramo de flores, un vino blanco y mucha prisa porque quería hacer muchas cosas en poco tiempo: felicitarme, cenar, emborracharme, desnudarme, vestirse, marcharse.

—El año pasado fue una celebración mucho más pequeña que esta. Cené japonés.

—¿En buena compañía, por lo menos?

—Mucho mejor esta.

Lucía da orden para que todos nos sentemos y empieza a poner sobre las mesas cosas riquísimas. Se ha traído a su marido, Pepón, que sonríe todo el rato, excitado por el cambio de aires, disfrutando del jaleo. Cuando terminamos de comer, apagan las luces y sacan la tarta, un bizcocho como el del primer día. Justo cuando voy a soplar las velas, alguien abre la puerta del bar. Es Alberto.

—¡Caray, menuda fiesta tienes montada!

—¿Qué haces aquí?

—Quería darte una sorpresa por tu cumple. He buscado la casa donde me dijiste que te quedabas, pero no había nadie. Llevo un buen rato dando vueltas. Hasta que un vecino me ha dicho que estabais aquí.

—No te dije nada porque para mí también ha sido sorpresa la fiesta.

El saludo es incomodísimo. Él ha intentado darme un beso como si fuéramos novios y he girado instintivamente la cara.

—Yo también quería darte una sorpresa.

Jaime le cede su asiento, junto al mío. Cuando voy a decirle que no hace falta, Alberto ya lo ha ocupado. Cuevas entero me mira como si estuviese atracando un banco. Me dan ganas de decirles que yo tampoco entiendo nada.

—Deberías haberme avisado.

—¿Este quién era? ¿Tu novio?

—¿Qué tal Maite? ¿Y las niñas?

—Vale.

—Vale.

—Te he echado mucho de menos.

—Alberto, yo…

—Ya, no hace falta que lo digas… A ver. Cuéntame el historión que estás haciendo.

Le explico lo que hemos averiguado hasta el momento, las personas a las que he conocido, lo que me falta. Alberto hace buenas preguntas, como al principio, antes de que Gallizo lo hiciera jefe y él decidiera dejar de hacer lo que sabía para no complicarse más la vida.

—¿Y qué tal en el periódico? ¿Cómo van las cosas?

—Bueno, a eso venía también. Gallizo tiene las horas contadas. Los que lo pusieron se han cansado de perder dinero y, sobre todo, influencia.

—¿Y él cómo se lo ha tomado?

—Eso es lo mejor de todo. Es tan tan mal periodista que es el único de la Redacción que no sabe que se lo van a cargar.

Alberto vuelve a contarme las calamidades del periódico, pero ya las siento muy lejos, como cuando ves esos documentales de animales en los que aparecen fieras exóticas que la mayoría de nosotros solo conoceremos por la televisión. Hace que me ría, que me relaje. Cuando Lucía le pregunta si quiere una copita de licor café le dice que no, que tiene que conducir. Lo acompaño hasta el coche.

—Lo hice todo mal, ¿no?

No le contesto, no creo en los reproches; casi siempre se hacen cuando ya no sirven de nada. Así que le doy un abrazo.

Cuando está a punto de entrar en el coche, Alberto me dice:

—Tiene buena pinta. Te pega mucho.

Justo en ese momento veo a Jaime marchándose.

—Eh, ¿y mi regalo?

—Puedo dártelo en cualquier otro momento si no te viene bien hoy.

—A mí me viene estupendamente. ¿A ti? ¿Tienes que irte?

—No. Puedo quedarme.

—Quédate.

—Mejor aún: nos vamos los dos. Sube al coche, quiero enseñarte algo. ¿Has llamado ya a Lorenzo hoy?

—Aún no.

—Llama y después te doy tu regalo.

Llamamos de nuevo al teléfono al que nadie responde.

—Nada. Lorenzo ha desaparecido.

—Pues entonces vamos a tener que ir a buscarlo. Abre la guantera. Metí ahí tu regalo. Eso es, en el sobre.

—Esto es demasiado, Jaime.

—A estas alturas, no nos podemos quedar sin saber el final. Además, nunca he estado en París.

Hoy ninguno de los dos pone la radio en el coche.

—¿Dónde me llevas?

—A bailar, claro. He localizado un sitio en Ávila que creo que nos va a gustar. Se llama Azúcar.

—¿Pero no es muy pronto para ir a bailar?

—Nunca es tarde y nunca es pronto. Además, luego quiero enseñarte otra cosa.

Nos despedimos de los que quedan en el bar. Amparo me dice que puedo usar esta noche el cupón de la experiencia y vuelve a decir, a un volumen más alto de lo que me hubiera gustado, que es para dos. Jaime lo ha oído seguro.

No recuerdo lo que hablamos en el coche, de camino a Ávila. Nuestras conversaciones ya se han normalizado, ya no hay que prepararlas, ya no pienso qué voy a decirle antes de abrir la boca. El Azúcar está vacío.

—Te lo dije. Es demasiado pronto.

—¡Mucho mejor así! Toda la pista para nosotros. ¿Quieres tomar algo?

Yo me pido una cerveza. Él, una Coca-Cola. «Luego tengo que conducir», dice. Me pregunto entonces si Jaime oyó o no a Amparo cuando nos despedíamos. ¿Descarta la posibilidad de quedarnos o no sabe que existe? No me atrevo a preguntarlo. Tampoco yo sé si estamos listos para eso. El baile en Madrid nos ayudó mucho a aprender a tocarnos, cogernos de la cintura, del hombro, de la mano..., pero todavía queda respeto para tocarse sin excusa y sin música. Hoy, de todos modos, tenemos la suerte de elegirla nosotros. Solo hay cuatro personas en el Azúcar, el camarero, el pincha y nosotros, así que vamos pidiendo canciones y Jaime aprovecha para enseñarme algunos pasos, los que aprendió en el curso con aquella novia, que se llamaba Blanca y también era forense.

Una hora y media después empieza a llegar gente. Les cedemos deportivamente la pista y nos sentamos un rato.

—¿Conoces a Marcos Ana? —le pregunto a Jaime.

—Mmm, me suena.

—Es el preso que más tiempo estuvo en las cárceles de Franco, veintitrés años. Entró con diecinueve y salió con cuarenta y dos, en 1961. Pedro Almodóvar compró los derechos de su biografía, *Decidme cómo es un árbol*, para hacer una película.

—Ah, sí. Ya sé quién es. Tenía una historia con una prostituta o algo así, ¿no?

—Eso es. Como había entrado tan joven en la cárcel, nunca había estado con una mujer y un amigo suyo decidió solucionarlo. Una noche lo llevó a un cabaret, llamó a una de las chicas, le metió quinientas pesetas en el bolsillo y le dijo: «Para que pases la noche con mi amigo». Pero él, imagínate, nerviosísimo, no se atrevía ni a mirarla. La mujer no entendía nada e insistía en que fueran al hostal, pero Marcos se resistía, hecho un flan. Al final le confesó que era la primera vez porque acababa de salir de la cárcel. Ella se apiadó de él, fueron a pasear, a cenar y, finalmente, durmieron juntos. Cuando Marcos volvió a casa a la mañana siguiente, vio que ella le había vuelto a meter las quinientas pesetas en el bolsillo, con una nota que decía: «Para que vuelvas hoy. Isabel». Pero él no volvió. Decidió que, si pagaba, iba a arruinar para siempre el recuerdo de la noche anterior y le mandó quinientas pesetas en flores. Es un hombre excepcional, de una sensibilidad fuera de serie. En la cárcel escribía poemas apoyado en el dorso del plato de latón donde les ponían la comida. El caso es que un día me contó que se había inventado un juego y creo que podíamos imitarlo.

—¿Qué juego?

—Todos los días Marcos se sienta en la terraza de un bar que hay frente a su casa, que queda cerca del Retiro. Observa a la gente que pasa por delante, escoge a varios y se imagina cómo es su vida, adónde van, quién los espera, cómo son…

—Ah, y quieres que juguemos a eso con nuestros compañeros de pista.

—Eso es. ¿Te apetece?

—Pues claro. Venga, empieza tú.

—Vale. A las once. Pareja curtidita, calculo unos sesenta. ¿Los tienes localizados?

—Sí, edad adulta madura, yo les echo cincuenta y cinco. Esas caderas ya empiezan a desgastarse, pero la verdad es que se mueven de maravilla.

—Venga, hago caso al forense. Cincuenta y cinco años, o sea, casi treinta de casados. Vamos a llamarlos Chelo y Jesús. Los hijos ya fuera del nido, haciendo sus vidas, hace tiempo que ya no ocupan todas sus conversaciones. Son habituales en el Azúcar. El camarero los ha saludado con familiaridad y les ha servido la copa antes de que la pidan. Seguramente, como tú, fueron a clases y por eso se han animado a venir aquí, a practicar lo que aprenden los sábados por la mañana en una academia pequeñita que tienen cerca de casa. Se conocen mucho y eso también los ayuda a moverse mejor, a que todo encaje cuando se acercan. Ella se conserva mucho mejor que él, y, como él lo sabe, accedió a apuntarse a las clases de baile. Hace un par de meses, Chelo estuvo a punto de engañarlo con un compañero del instituto donde da clases, Álvaro, un hombre algo más joven que le dijo las cosas que su marido ya no le decía y que se daba cuenta de que estrenaba camisa o de que se había cortado las puntas. Empezó a lo tonto: cafés en el claustro, bromas cada vez más íntimas, alguna cerveza ya solos, primero en el bar de la esquina, luego deliberadamente más lejos de los ojos curiosos. A ella se le pasó por la cabeza. Luego pensó en toda la logística necesaria, lo complicado y sospechoso que puede ser alterar rutinas que llevan décadas aprendidas en un matrimonio con diez trienios a sus espaldas. No es fácil cambiar los hábitos de una funcionaria sin que se note. Empezó a vestirse para él. A maquillarse por las mañanas antes de salir a trabajar. ¿Te aburres?

—Nooo. ¡Me encanta este juego!

—Álvaro tiene toda la ventaja. Es algo nuevo. A Jesús se lo sabe de memoria y además comparten baño. Esos hábitos que a ella tanto le molestan, como las salpicaduras en el espejo, los restos de pasta de dientes en el lavabo..., y que él es incapaz, a estas alturas, de corregir, porque ya lo hace todo mecánicamente, por inercia, como esos besos rápidos que le da a su mujer antes de irse a la oficina, sin mirarla, sin darse cuenta de que está más guapa, de que esa chaqueta también es nueva, de que ha vuelto a pintarse los labios y de que el frasco de perfume que lleva usando toda la vida y que él le regala por sus cumpleaños se acaba ahora mucho antes porque ya no se lo pone solo cuando van a cenar a casa de amigos, sino todas las mañanas. Álvaro y Chelo no llegan a hablarlo. No hace falta. Pero los dos acuden cada día al mismo sitio con la ilusión de verse, de cruzarse por el pasillo, de que surja alguna oportunidad para encontrarse fuera del instituto. Y llega la cena de Navidad, y Álvaro se ofrece a buscar un restaurante distinto al que van todos los años, uno que está cerca de un karaoke. Ella se compra un vestido para la ocasión, con un escote más pronunciado que todo lo que tiene en su armario, más ceñido de lo que suele ponerse, porque le gusta que él la mire y cómo lo hace, deseándola, imaginando todo lo que hay debajo de lo que ya ha visto. Cuando se despide de Jesús —«Me voy a la cena. Llegaré tarde, luego vamos a un karaoke»—, ella duda un segundo; ¿se está dando cuenta? Pero Jesús no pregunta a su mujer si el vestido es nuevo ni le recuerda que siempre odió los karaokes. Tampoco le dice lo guapa que está, aunque lo piensa, siempre lo ha pensado. En la cena, Álvaro y Chelo disimulan, intentan mantener esas conversaciones vacías de todos los inviernos con sus compañeros de trabajo. El grupo se dispersa al salir del restaurante, queda un núcleo reducido con ganas de ir al karaoke. Ellos y quizá cuatro o cinco más. Hay bastante gente y cola para cantar. Ninguno lo hace. Una hora después ella anuncia que se retira, que está cansada. Álvaro dice: «Yo también estoy muerto. No he bebido casi nada. ¿Quieres que te acerque a casa?». Ella no se atreve a responder allí, aunque nadie está pendiente ya de ellos. Suben al coche. Álvaro no arranca. Le toca el pelo, la cara, le da un beso. Pero Chelo da un respingo. Todo ese misterio, esa curiosidad que tenía, acaba de desvanecerse. Se siente un cliché. Piensa en una expresión que detesta, «canita al aire». No se ve. Al llegar a casa, Jesús, que algo se olía, la está esperando despierto. «¿Qué tal?». «Bien. Mañana nos vamos a apuntar a bailes de salón». Y hasta hoy. ¿Crees que sobrevivirán?

—Estoy convencidísimo.

—Yo también. Te toca.

—Uf, no sé si voy a saber, Belén.

—Te toca. ¿Quieres escoger tú o te ayudo?

—Venga, ayúdame a elegir.

—Justo en frente de ti. La pareja de la chica joven y el señor del peluquín.

—¿Lleva peluquín?

—Hombreee. Y se le ha descolocado. Hace un rato no lo tenía así. ¿Pero tú no eras forense?

Jaime se ríe. Me encanta cuando es por mi culpa.

—Vale. José Luis y Bea. Estos no llevan casados treinta años. Ella no creo que los haya cumplido. A él le echo sesenta. Bea es la mejor amiga de su hija, Almudena. Es decir, que, vamos a decir, Pilar, la mujer de José Luis, se ha cansado de hacerle la cena en su casa cuando las niñas eran pequeñas. Almudena no tiene ni idea de nada de esto y le daría algo si se entera. De hecho, hoy ha llamado a Bea para ver si le apetecía salir, y ella le ha mentido y le ha dicho que estaba cansada. Hoy no es la primera vez que se ven a solas, pero creo que aún no ha pasado nada entre ellos. Nada muy grave, quiero decir. Bea tiene muchas dudas. Después de todo, es el padre de su amiga, le saca tres décadas y lleva peluquín. Quizá está un poco desencantada, se ha llevado varios chascos recientes con compañeros de trabajo o así y ha aparecido este pájaro para subirle la autoestima. Pero ni piensa en nada serio ni quiere que deje a su mujer ni nada por el estilo. De momento se deja querer. Y puesto que José Luis no es muy agraciado, y tampoco creo que esto sea un asunto de dinero, vamos a suponer que tiene algún don que desconocemos. Es simpático. Fanfarrón. Chuleta. A Bea le atrae eso y el interés que muestra en ella. Teniendo todas las complicaciones del mundo —una esposa, una hija que para colmo es su mejor amiga...— siempre quiere quedar. La persigue, la llama constantemente, le envía flores sin tarjeta a la oficina y a su casa. Le dedica mucha atención. La cuida. Y eso a ella le gusta. Pero no está cómoda. Sabe que él piensa que va a ser hoy porque, además, antes le ha dicho que se había inventado un viaje, es decir, que no piensa dormir en casa. Y eso la agobia bastante, porque una cosa es tontear por teléfono, dejarse mimar, algún beso que otro, y otra acostarse con el padre de tu mejor amiga. Creo que no se va a atrever. Que dentro de un rato se largará.

—Nada mal para ser la primera vez.

—¿Qué crees que dirían ellos de nosotros si jugaran a nuestro juego?

—Mmm.

—Mmm. —Jaime se ríe—. Difícil, ¿eh? Prueba a ver qué te sale.

—Creo que nunca acertarían que el hombre que me enseña a bailar es forense. No se les ocurriría decir lo que hemos estado haciendo, el sitio del que venimos y lo que hemos visto. Pero tenemos cara de irnos a París. Es decir, de estar a punto de hacer algo que probablemente les daría envidia, empezar.

Jaime me da un beso. Uno solo. Distinto.

—¿Último baile? Esta canción es buena.

—Venga.

En la pista nos mezclamos con Chelo y Juan, Bea y José Luis. Cuando termina la canción, que no era tan buena, Bea se va. Jaime está contentísimo.

—Chica lista —dice.

—¡Acertaste!

—Quiero llevarte a otro sitio. ¿Nos vamos?

—¿Qué sitio?

—Sorpresa.

En el coche, cuando ya llevamos unos quince minutos en la carretera, le pregunto dónde me lleva.

—Ya casi estamos. ¿Eres friolera?

—No especialmente.

—Asómate por la ventana y mira hacia arriba.

—¡Caray!

—Hoy es San Lorenzo. Vamos a alejarnos un poco más de la luz y luego paramos y disfrutamos un poco de las estrellas. Creo que tengo una manta en el maletero.

Jaime se mete por un camino de tierra y aparca el jeep. Nos tumbamos sobre el capó —«El motor nos dará calor», dice— y nos tapamos con la manta que, efectivamente, llevaba en el maletero. Cantamos las estrellas fugaces como si fueran bingo.

—Cuando mi hermana y yo éramos pequeños, en verano, en el pueblo —cuenta Jaime—, mi padre sacaba la cama a la calle para que viéramos las estrellas. Como no nos sabíamos los nombres de las constelaciones, les poníamos nombres según las formas que nos recordaban. Cuando aprendí los nombres de verdad, me parecieron mucho más aburridos. ¿Tú qué formas ves?

—Mmm, veo un triángulo.

—Venga ya, esfuérzate un poco más.

—Un hombre cayendo.

—Mucho mejor.

Luego nos quedamos un rato callados mirando al cielo. Le pregunto:

—¿En qué piensas?

—¿Cuántos celos hay que tener para cargarte a alguien? Lorenzo tenía que saber que iban a matar a Fausto.

—Quizá creía que lo asustarían y se iría del pueblo, pero se le fue de las manos.

—Tengo varios amigos que trabajan en violencia de género, en una especie de cursos para reinsertar a maltratadores. La mayoría son gente aparentemente normal, con un trabajo normal, una vida exterior normal, pero se vuelven locos de celos. No me entra en la cabeza.

—En la suya, no se puede querer más. Por eso ellas los perdonan tantas veces. Porque les hacen creer que están locos… de amor. Y que cuando ellas no hacen determinadas cosas, cuando no fomentan que ellos pierdan los nervios, son felices.

—Ya. Entiendo lo que quieres decir. Pero no me puedo imaginar cómo debe de ser convivir con alguien así, vivir aterrorizado, bueno, aterrorizada.

—Yo sí.

Jaime aparta la vista del cielo y me mira. Noto cómo los ojos se me llenan de lágrimas. No me veo capaz de contárselo. Me coge de la mano y dice: «Cuando tú quieras». Vuelve a ayudarme. Para dejar que me recomponga, sin soltarme, aparta la vista de mí y mira al cielo. Ya no las cantamos, pero pasamos veinte minutos más viendo la lluvia de estrellas de San Lorenzo.

13

Marcial

En casa siempre habíamos sido muy monárquicos y muy católicos. Mi padre había sido gentilhombre del rey. Se casó con mi madre, también muy monárquica, en las caballerizas reales. Pero era un militar y, en un momento dado, le había tocado jurar lealtad a la República. Eso me lo repitió muchas veces a lo largo de los años.

Yo me acerqué a la Falange porque me fascinaba la figura de José Antonio, creía en él más que en Dios, y me gustaba formar parte de algo que no fuera otra idea o costumbre heredada, sino algo propio, mío. Éramos once en casa, nueve hermanos y nuestros padres, y mi familia operaba en las rutinas cotidianas con la disciplina de un ejército, con horarios rígidos y métodos específicos para cada cosa. No conocíamos los consejos, las peticiones o las sugerencias; funcionábamos con el lenguaje corto y práctico de las órdenes. Tampoco había premios, porque se daba por hecho que cumplir esas pequeñas misiones que cada miembro tiene asignadas en un clan familiar, sobre todo en uno tan grande, era nuestra obligación, nuestro deber, pero sí había castigos cuando desobedecíamos.

En la mesa estaba prohibido sentarse antes que mi padre y, por supuesto, hablar de política. Meterme en la Falange fue, sobre todo, un gesto de rebeldía. También de vanidad. Tenía la impresión de que con ellos era más importante, que me hacían caso. Cuando nos reuníamos, los demás escuchaban lo que yo decía y aprendí a elevar mis opiniones, a ir haciéndolas cada vez más contundentes, más vehementes, porque notaba que así les gustaba más lo que oían. Al revés, a mí me sucedía lo mismo: cuando los ánimos se encendían, yo me encendía. Por una razón parecida, supongo, aunque esto nunca llegamos a hablarlo entre nosotros, mi hermano Alfonso y mi hermano Miguel también se metieron en la Falange. Así que, mientras mi padre mandaba, el 19 de julio, un telegrama a Azaña reiterándole su lealtad, tres de sus hijos hacíamos planes para deshacer aquel país y rehacerlo a nuestro antojo. Para eso, antes de nada, tuvimos que dejar crecer un odio visceral hacia todos los que no pensaban como nosotros. Los odiábamos con el corazón, con las tripas, con todo lo que teníamos. Éramos unos críos, al menos yo lo era, y escoger un enemigo común fue, supongo, el método fácil que encontramos para explicar cualquier fracaso propio: no fallábamos nosotros, es que no nos dejaban respirar, existir, desarrollar todo nuestro potencial. Y eso valía para justificar desde las calabazas de una chica a una mala nota en un examen. Otros lo contarán de otra manera, pondrán palabras grandes para justificar lo que hicieron, lo que hicimos. Yo tenía dieciocho años, sé cuáles eran mis motivos y eran así de pequeñitos: estaba enfadado con mi padre, que es una forma de estar enfadado con todo, y me sentía infravalorado, menospreciado... hasta que me puse aquella camisa azul, recogí el arma y me creí alguien importante. Tardé mucho tiempo en comprender que miedo no es lo mismo que respeto o autoridad, pero disfruté cada minuto que tuve ese poder en mis manos: la capacidad de decidir sobre los movimientos, incluso sobre la vida de otro ser humano; la seguridad de golpear sabiendo que no había riesgo alguno porque —éramos así de cobardes— siempre actuábamos en grupo. Nosotros éramos ocho y como el nuestro surgieron decenas, cientos de grupos de camisas azules enfadados con sus padres, con las chicas a las que no supieron gustar, con el mundo.

No escondí bien el arma. En el fondo, supongo que quería que mi padre la viera, que supiera que en esa casa ya no era el único, que había perdido ese estatus. La metí en un cajón que mi madre abría con frecuencia, sabiendo que ella informaría inmediatamente a mi padre del hallazgo, alarmada, para que me la quitara, para que hablara conmigo, para que me castigara y me encerrara en aquella casa donde no había espacio para respirar. Hasta tenía preparado todo lo que le iba a decir, pero cuando vino a buscarme no me hizo ninguna de las preguntas que yo había previsto. Fue algo así:

—¿Sabes manejarla?

—Hicimos unos ejercicios de tiro. No se me da mal.

—¿Y para qué la quieres?

—¿Para qué quieres tú la tuya?

—Las armas solo sirven para dos cosas, Marcial: atacar o defender. Todas las que me han puesto en la mano han sido para lo segundo. ¿De qué tienes que defenderte tú?

—De nadie.

—Para atacar, entonces.

—Puede ser.

—Para atacarme a mí.

—No.

—No era una pregunta.

Hasta ese momento, había estado de pie, hablándome desde su metro ochenta con su voz de siempre, la voz que tienen esos hombres que no saben hacer bromas, los que siempre hablan en serio. Hasta cuando le decía algún piropo a mi madre parecía una orden y no un cariño. Pero entonces se sentó, más bien se dejó caer sobre mi cama, y se quedó callado mirando sus botas. Al principio, yo no sabía bien qué hacer. Era muy raro, en aquella casa superpoblada —en mi habitación dormíamos tres—, que estuviéramos, de repente, solos, él y yo, y era más raro aún que él estuviera sentado y yo de pie, como si el hijo fuera a castigar al padre y no al revés. Paseé por la habitación, para hacerme con ella, y estudié a mi presa. Noté que me iba haciendo grande. Yo me hacía grande y él pequeño. Le estaba perdiendo el respeto, notaba cómo se escapaba esa carga pesada, cómo me iba liberando, creciendo. Y, entonces, lo humillé. Vi la oportunidad y la aproveché. Le dije que era un mal cristiano, que la Iglesia estaba de mi lado, no del suyo, que el cura de su parroquia, nuestra parroquia, me había dicho: «Tu padre está condenado». Le dije que me avergonzaba de él, que era un mal español, que íbamos a darle una lección. Y le dije que, si había decidido apoyar al enemigo —y aquí cité a José Antonio, «la dialéctica de los puños y las pistolas», y a Onésimo, claro: «Ya no hay parientes, ya no hay hijos, ni esposa ni padres. Solo está la patria»—, también era el mío. Después me marché, puede que dando un portazo, y no lo volví a ver hasta tres años después, en Francia, cuando fui a buscarlo a un campo donde recluían a los traidores, a los perdedores, a todos los que, como él, habían elegido el bando equivocado.

Me encontré a un viejo. Al principio me costó reconocerlo. Estaba delgado, tanto que hasta su voz sonaba distinta. Pero bastaron unos minutos de conversación, los primeros en mucho tiempo, para darme cuenta de que, pese al evidente cambio físico, él seguía siendo el mismo. Me hablaba de los compañeros que habían muerto en sus brazos. «De tifus, de hambre, de pena…». Me pedía que, a la vuelta, me pusiera en contacto con sus familias para que les dijera o les diera esto y aquello; me hablaba de la gente que había conocido, «chavales de tu edad», ingleses, estadounidenses, franceses, canadienses… que dejaron su país y su familia para jugarse la vida en España y defender con armas antiquísimas, a las que no les sentaba bien ni el calor ni el frío, un gobierno que no era el suyo, pero cuyos ideales compartían. Me contó que uno de ellos, británico, le había dicho: «Nunca he visto gente tan pobre y, a la vez, tan orgullosa» y que esa noche lo anotó en un cuaderno para que no se le olvidara nunca. Me preguntó por mi madre, me habló de las mujeres valientes que esperaban a todos los hombres que lo acompañaban y todas las cartas que, a petición de sus hijos, novios o maridos, les había escrito. Me dijo, y creo que ahí trataba de deshacer aquel discurso de Onésimo Redondo que yo le había recitado en nuestro último encuentro, que eso era lo más importante: los afectos conquistados, lo único que nadie podría quitarte. Nadie más que tú mismo.

Derramó todo eso sobre mí de golpe, sin dejarme intervenir, como si llevase años preparando lo que me iba a decir; como si pensara que quizá no fuese a tener otra oportunidad de decírmelo. Y yo sentí rabia. Mucha, porque no era lo que me esperaba. Esperaba encontrar a mi padre, y allí seguía habiendo, antes de nada, un militar. Esperaba que me diera la razón, que me pidiera perdón o, al menos, ayuda, pero no hizo nada de eso. Yo había ganado, pero él seguía mandándome recados. ¿Qué eran, si no, aquellos encargos para ir a ver a la viuda de no sé quién y llevarle a la de otro no sé qué cosa? Lo informé de que lo habían condenado en ausencia y ni se inmutó. Le expliqué que, después de hacer muchas gestiones, me habían asegurado que solo tendría que cumplir tres años de prisión, y ni me dio las gracias.

—¿Usaste el arma?

—Sí.

Por mi cabeza empezaron a pasar las imágenes de aquella madrugada en Cuevas. Nueve hombres y una mujer en fila, mirándonos, esperando la descarga. Nos ayudó algo el viento, porque aquella noche movía las ramas con fuerza y el ruido impedía que oyéramos qué decían, sus últimas palabras. También el alcohol, todo el alcohol que llevábamos en el cuerpo y que nos anestesiaba la mente. Y vi la reunión, unas horas antes, bebiendo como cosacos mientras planeábamos la ejecución, revisando los nombres de los que íbamos a matar como si estuviéramos haciendo una lista de la compra. Escuché otra vez los gritos de aquella mujer hermosa, joven, un poco parecida a mi hermana Luisa, que quería subirse a la camioneta. Y sentí de nuevo el escalofrío al ver que Lobo frenaba para que ella pudiera subir. Recordé el minuto inmediatamente después a los disparos cuando me faltó el aire al ver los cuerpos sobre la tierra.

—Podéis coger lo que queráis. Hoy os toca a vosotros enterrarlos.

Nuestro jefe dijo «hoy» porque antes hubo muchas noches como aquella y solían obligar a algún vecino a cavar la fosa. Revolvimos en sus bolsillos, en sus chaquetas. Me sorprendió que los cuerpos estaban todavía calientes. Uno de mis compañeros cogió la cartera de un hombre joven y luego la tiró al suelo, abierta. Dentro llevaba la fotografía de la mujer que se había subido a la camioneta, la chica que se parecía a Luisa a la que acabábamos de matar. Dos balas para cada uno: la primera, a cierta distancia, la segunda, sobre sus cabezas, muy cerca. Y mi padre empezó a llorar, porque, aunque cuando me preguntó si había utilizado el arma yo solo dije «sí», creo que él veía todo lo que pasaba por mi cabeza, como si mi frente se hubiera convertido en una pantalla de cine, y supo que, aunque él había sacrificado todo para no traicionarse a sí mismo, su hijo jamás volvería a ser el que era.

Tardé sesenta y cinco años en devolver aquella foto a su familia. Nunca tuve tanto miedo como cuando llamé al timbre de la casa de los Martínez en Vitoria para confesar el crimen y decirles dónde creía, aproximadamente, que habíamos enterrado a Matilde. Ese era su nombre. Matilde. En una de las esquinitas de la foto, con una letra minúscula, se leía: «Para Fausto, en recuerdo de la primera vez que estuvimos solos».

Me presenté como alguien que conocía a Matilde o algo así y tardé un rato en contar de qué, lo que había hecho. Temía que me echaran a patadas antes de poder explicarme, y necesitaba que me escucharan para deshacerme de aquello que me estaba comiendo vivo. Su hermana me dio un bofetón y, como si me hubiera leído el pensamiento, dijo:

—Y ahora vienes a liberarte, claro.

Tenía razón. Y, al ser descubierto, empecé a llorar, sin querer, sin poder evitarlo. La hermana de Matilde se levantó y volvió con un papel:

—Apunta ahí dónde los enterrasteis y lárgate.

Hice un dibujo torpe, apunté algunas referencias y le pedí perdón por no poder aportar más detalles porque esa noche estábamos muy borrachos. Intenté explicarle, pensando que el sufrimiento del asesino podría servir como alguna clase de consuelo, que había sido incapaz de tener una vida normal después de aquello. Que mi padre, que sobrevivió a los bombardeos, al hambre, a las enfermedades y a un campo de concentración murió al poco de volver a España, de pena, del corazón. Que no dio tiempo a que me viera arrepentido, a que le pidiera, también a él, perdón. Que a mí nadie me quiso nunca como Matilde quería a Fausto y que yo tampoco me había atrevido nunca a querer a alguien de la misma manera. Pero no me dejó. En cuanto le entregué el dibujo con las pocas indicaciones que recordaba del lugar de la fosa, se puso de pie y abrió la puerta para que me marchara. Yo aún dije: «Lo siento mucho. Ojalá la encuentren» desde el rellano y luego tuve que sentarme en las escaleras porque me temblaba todo el cuerpo. Lo que hice después, quitando algunas cartas que escribí a aquella mujer, se me ha olvidado. Sé que fui cumpliendo años, pero no recuerdo cómo pasaba los días, qué hacía entre el lunes y el domingo, entre el invierno y el verano. Tardé en morir, pero no estaba vivo. Ese, supongo, es un privilegio de las personas que tienen alguien que los quiere, que se preocupa por ellos y los invita a compartir lo bueno y lo malo. Yo destruí todos mis afectos. Solo queda la culpa.

14

París

En Barajas, Jaime me dice:

—Te noto especialmente contenta hoy, ¿puede ser?

—Los aeropuertos siempre me han puesto de buen humor, como los hoteles. Normalmente, antes de llegar, ha habido un proceso farragoso para elegir dónde, cómo, a quién y qué te llevas. Pero una vez aquí ya está todo hecho. Me gusta esa sensación y los nervios bonitos de antes de hacer un viaje. Se parece un poco a la noche de Reyes, cuando no sabes lo que te vas a encontrar.

Esa respuesta larga a una pregunta que quizá solo merecía un sí y una sonrisa me recuerda lo que ya es una evidencia: este hombre me gusta mucho y yo aprovecho cualquier oportunidad, sin darme cuenta, para intentar gustarle a él. Con esa larguísima explicación también caigo en que no hemos resuelto el tema del hotel: dónde dormir y cuántas habitaciones. De momento tenemos los asientos 10A y 10B. No hay retraso. La cola de embarque se llena enseguida de parejas de luna de miel y algunas más veteranas, de aniversario. El aeropuerto es la estampa contraria al Ikea: aquí no tienen que escoger color de alfombra y todo fluye —ya veremos allí cuando uno quiera una hora más de Louvre y otro cenar de *room service* en albornoz—. Jaime y yo nos acercamos a la puerta solo cuando está a punto de terminar el embarque. Me gusta que coincidamos también en eso; entre los que se colocan cuando aún queda una eternidad para pasar, como si alguien fuera a quitarles el asiento, y los que apuran hasta el último minuto, nosotros somos de los segundos. En el *finger*, de todos modos, nos mezclamos con el pelotón de enamorados abusando del diminutivo, y, entre ellos, Jaime y yo parecemos una pareja de policías de paisano a punto de pedirles el pasaporte. Ya sentados en el 10A y el 10B, hacemos una última llamada a Lorenzo. Pongo el teléfono en altavoz, como tantas veces, y Jaime y yo escuchamos los pitidos sin respuesta con un silencio espeso, como de circo cuando el domador mete la cabeza dentro de la bestia. Aunque es el enésimo intento en varios meses, los dos pensamos que puede ocurrir algo, porque durante los últimos días se han precipitado muchas cosas y porque estamos a apenas unas horas de llamar a su puerta, pero finalmente no sucede nada. Es el aparato el que cuelga solo, al entender, antes que nosotros, que nadie va a contestar al otro lado, pero hemos sido tan ceremoniosos con la llamada que la escena ha llamado la atención de varios pasajeros, interrumpiendo las caricias. Alguno nos mira con tanta curiosidad que parece a punto de preguntarnos: «¿Se puede saber a quién llamabais?». El viaje es corto, pero se hace larguísimo. Tengo la sensación de llevar cinco meses en este avión. Es el tiempo que ha pasado desde que comuniqué a Gallizo que me cogía la excedencia.

En el Charles De Gaulle, las parejas de lunas de miel y aniversario se dispersan rápido; las maletas facturadas separan nuestros caminos. París nos recibe en manga corta. Hace un calor razonable, el sol es amable, como la luz. Es 24 de agosto. Hace sesenta y seis años, hombres apellidados Gómez, López, Pujol, subidos a semiorugas llamadas Guadalajara, Brunete, Guernica…, entraban en la ciudad para liberarla. Hoy tienen una placa de recuerdo junto al Sena. Merecen un homenaje menos discreto. Deberían darles un jardín, algo que crece, y hablar de ellos en los institutos. Durante décadas, la de La Nueve fue otra de las historias olvidadas. Cuando el taxi atraviesa los Campos Elíseos, intento imaginarlos en esa bella avenida, aplaudidos por franceses que pensaban que ellos también lo eran, ignorantes del penoso camino que habían recorrido hasta llegar allí para salvarlos: perder su propia guerra, resistir en campos de concentración y abrazar, sin rencores, la causa común contra el fascismo para liberar del mismo enemigo al país que los había tratado a patadas.

Vamos directos a casa de Lorenzo sin pasar por el hotel para dejar nuestras mochilas —el asunto sigue sin aclarar—. En el 6.º B tampoco responde nadie.

—Pues como los críos, a lo gamberro —dice Jaime pulsando todos los botones del telefonillo.

Se produce entonces una gran confusión cuando varias personas preguntan a la vez quién es y nos damos cuenta de que es bastante difícil de explicar. Preguntamos por Luc, el chico que ayudaba al vecino del 6.º B. «¡Lorenzo ya no vive aquí!», grita alguien en francés. «¡Sí, sí, soy yo! —responde otro—. Subid al 6.º A».

Jaime y yo estamos tan nerviosos que no abrimos la boca en el ascensor. En el rellano del 6.º, frente a la puerta de

Lorenzo, nos recibe un chaval de unos veinticinco años, alto, moreno y con una sonrisa de oreja a oreja. «Sois de la asociación, ¿verdad?», nos pregunta en castellano.

—¡Sí! Venimos por la carta.

—Pasad, ahora os explico.

El piso es de sus abuelos, de Zaragoza, por eso habla tan bien español.

—El vecino os ha dicho que no estoy porque vivía aquí con mi novia, pero nos separamos, y, como ella es de fuera y no tenía trabajo, volví a casa de mis padres y le presté la casa mientras ella encontraba algo. He vuelto justo hoy. ¡Qué casualidad!

Luc hace una pausa para dejarnos intervenir, pero estamos tan expectantes que ni por la boca de Jaime ni por la mía sale una sola palabra. Él parece entenderlo y prosigue:

—Efectivamente, yo le echaba una mano a Lorenzo. Como no tiene familia y está muy mayor, le hacía la compra, le llevaba comida, iba por él a la farmacia y cosas así. Hace unos meses, un poco antes de que Katia y yo nos separáramos, se puso muy malito. Al principio parecía catarro, pero la cosa empeoró y terminó en neumonía. Una noche me llamó y me pidió que lo llevara al hospital. El pobre tosía como un camión y le dolía mucho el pecho al respirar. Se despidió de mí, me dio las gracias... Fue muy emocionante. Con noventa y siete años pensaba que ya no salía de aquella.

—Pero ¿sigue vivo? —pregunto con el corazón a mil.

—¡Claro!

Jaime me coge de la mano. Está tan nervioso como yo.

—¿Y dónde está ahora? ¿Sigue en el hospital? —le pregunto a Luc, que no ha dejado de sonreír desde que entramos por la puerta.

—En el hospital se tiró una buena temporada. Cuando ya salió de la unidad de cuidados intensivos iba a verlo todas las tardes. Una de las enfermeras que lo atendía dijo un día: «Vaya suerte que tiene con un nieto tan cariñoso y tan guapo», o algo así, y Lorenzo le respondió que yo era su vecino, no su nieto, pero como si lo fuera.

Luc se emociona un poco, por lo que está contando o quizá en solidaridad, para alcanzarnos.

—El caso es que, cuando me marchaba, me hizo algunas preguntas sobre Lorenzo y me dio el teléfono de una trabajadora social que iba de vez en cuando al hospital a ofrecer a ancianos como él, que vivían solos, una plaza en una residencia pública. La llamé, le conté un poco la situación, y una semana más tarde fue a ver a Lorenzo. Él, al principio, no quería ir, pero lo convencimos entre los dos. La residencia no es nada del otro mundo, pero tiene médico, enfermeras, está muy bien atendido... Yo suelo ir a verlo los domingos. Hoy es viernes, pero os acompaño. Se va a llevar una alegría tremenda cuando os vea.

—Lo llamamos muchísimas veces, todos los días desde que recibimos la carta. También le escribimos —le digo.

—¡Ay! Eso es culpa mía porque Lorenzo me dio un día la llave de su buzón y me pidió que le llevara las cartas que hubiese dentro, pero a mí, con el follón de la separación, se me olvidó totalmente.

—No importa. No te imaginas lo que nos alegra a Jaime y a mí saber que sigue vivo. Tenemos muchísimas ganas de conocerlo.

—¡Imagino! Le pedí varias veces que me contara por qué os había escrito, si tenía algún familiar desaparecido, y me explicó que quería que buscasen una fosa de su pueblo donde creía que habían enterrado a varios vecinos, entre ellos, su novia, bueno, la chica que le gustaba, porque según me dijo ella no le hacía mucho caso. Matilde, ¿no? De cabeza está fenomenal, ¿eh? Mejor que muchos. ¿Habéis traído coche? Si no, podemos ir en el mío.

Dejamos las mochilas en su casa para recogerlas a la vuelta. Al llegar al portal, Luc abre el buzón de Lorenzo y saca un montón de cartas con mi letra.

—Vaya, ahora me siento fatal. Tenía que haber mirado antes.

—Luc, en serio. ¡Estamos contentísimos! No te preocupes más.

Su coche está lleno de cajas de mudanza. Nos informa de que la residencia, a las afueras de París, se llama La Famille. Cuando Luc dijo que no era nada del otro mundo me temí lo peor, pero la verdad es que está muy bien; en España, seguramente sería privada y costaría un pastón. En la puerta saludan a Luc con familiaridad, señal de que es verdad que va a ver a Lorenzo todas las semanas. Las cuidadoras sonríen por los pasillos, cubiertos con papel pintado y estampado de flores. En todas las salas que vamos pasando se ve o se oye cierta actividad; no tienen a los ancianos aparcados frente a una tele, que es la estampa habitual en este tipo de sitios y el miedo íntimo que todos tenemos a partir de cierta edad. «Ya casi estamos», anuncia Luc, y yo les pido que me esperen, que me gustaría ir antes al baño. El corazón ha empezado a ir demasiado deprisa, he notado un sudor frío, necesito prepararme para ese momento que llevo tanto tiempo esperando. En el aseo, que también tiene flores por todas partes, me mojo la cara, las muñecas y la nuca. Frente al espejo, busco la mejor manera de saludar a Lorenzo, trato de elegir la primera pregunta, la segunda..., pienso en cómo compartir con él lo que ya conozco, cómo hacer para que me cuente o me aclare lo que aún no sabemos con certeza. Me aturullo. Por primera vez en muchos años, me preocupa fallar en una entrevista. No recuerdo la última vez que me pasó. Siempre he pensado, delante de alguien importante, un presidente, un ministro..., que tenía más que temer que yo, el fiscal de un juicio justo. Con los años, además, una se da cuenta de que no somos tan diferentes. Al final todos queremos lo mismo: gustar, agradar. Uno se mueve en coche oficial y otro en metro, pero, si sufren de verdad, lo harán por lo mismo: una pérdida, un desengaño; y esos tópicos universales, el amor, la muerte..., achican mucho las diferencias. Los ministros jóvenes tendrán un día piojos porque sus hijas irán a un campamento con los hijos de los profesores, los abogados, los camareros... Volverán a casa con un papelito con recomendaciones para atajar la pediculosis y, al quitarse la corbata, tendrán que echarse una de esas repugnantes lociones de tratamiento. Cuando sabes o imaginas eso, ya nadie te intimida. Oigo a Jaime, preocupado:

—Belén, ¿todo bien?

—Sí, sí. Enseguida salgo.

Caminamos un poco más hasta la puerta, donde el nombre completo de Lorenzo está escrito sobre el papel de flores. Luc llama, entra primero. Le escuchamos decir en francés:

—¡Buenas tardes, Lorenzo! He venido con unos amigos. Creo que te va a gustar mucho la visita.

Luc nos hace un gesto para que entremos. Y, por fin, vemos la cara del hijo de Damián, el pretendiente de Matilde, el rival de Fausto, el hombre que a los noventa y siete años escribió una carta para poder morirse en paz.

—Buenas tardes, Lorenzo. Me llamo Belén y soy periodista. Él es Jaime, presidente de la Asociación Memoria y Justicia, a la que escribió pidiendo ayuda. Me enseñó su carta y tratamos de localizarlo, pero, al no conseguirlo, me trasladé a Cuevas para intentar averiguar algo más sobre la fosa de la que habla, la de Matilde. No sabe cuánto nos alegramos de haberlo encontrado. Perdone si no me explico bien. Estoy muy emocionada. Si prefiere, podemos hablar en francés, pero me temo que lo tengo algo oxidado.

Lorenzo se levanta y nos estrecha la mano. No aparenta tener noventa y siete años, pero tampoco soy capaz de reconocerlo en aquella foto de Chinto en el teatro, la de los celos.

—Caramba, esto sí que ya no me lo esperaba.

Lorenzo se queda callado. También necesita una pausa. Se la damos. Por fin dice:

—Me dan ustedes una alegría. A estas alturas, ya casi en el piso 98, no abundan las sorpresas. Tengo un poco oxidado el castellano, pero seguro que nos podremos entender. ¿Va a poder abrirse la fosa? ¿La han localizado?

—Tenemos un lugar aproximado —explica Jaime—. Belén ha hecho un trabajo magnífico en el pueblo, pero nunca se sabe. A veces las fosas aparecen y otras veces no. Haremos todo lo posible, eso sí se lo puedo prometer.

—¿Vive alguien de la familia de Matilde? Intenté localizarlos a ellos también, pero nadie me contestó.

—Es que después de la guerra se fueron a vivir a Vitoria. He estado con Petra, su hermana. Está muy mayor y tiene días buenos y malos, pero me dijo que le gustaría mucho hablar con usted.

—Es verdad. Tenían familia en el País Vasco. Lo raro fue que terminaran en Cuevas en aquella época y no al revés. ¿De verdad le dijo que le gustaría verme? ¿Sabe ella lo que pasó?

—Sí, sí. Me dijo que le gustaría hablar con usted y me contó bastantes detalles de lo sucedido porque hace unos años, uno de los asesinos, un falangista llamado Marcial, fue a pedirle perdón.

—Ese tal Marcial y su cuadrilla vinieron un día a casa a preguntarle a mi padre quiénes del pueblo eran de izquierdas y estaban en contra de la cruzada. Él, que era un hombre que se vestía por los pies, no se los dio. Pero yo les escribí en un papel la dirección del único vecino de Cuevas al que no le interesaba lo más mínimo la política y lo hice por celos. Cuando los mataron, mi padre supo enseguida que había sido yo quien había dado el nombre de Fausto y me echó de casa. Nunca volvimos a vernos. No fue capaz de perdonarme y lo entiendo.

—He traído una carta que Marcial escribió a Petra —le digo—. La familia me dio permiso para enseñársela si lo encontrábamos. ¿Quiere leerla? La tengo aquí en el teléfono móvil, quizá es una pantalla demasiado pequeña.

Lorenzo hace el intento, pero le cuesta.

—No se preocupe, Lorenzo. Puedo leérsela yo si quiere.

—Se lo agradezco, Juan.

—Jaime, me llamo Jaime.

—Perdone.

—No se preocupe.

Jaime lee en alto la confesión de Marcial. El delator, el asesino y el forense que puede rescatar los restos de las víctimas coinciden siete décadas después del crimen delante de un testigo, una periodista. Y vuelvo a ser muy consciente del valor de este oficio. Incluso cuando todo esto está pasando gracias a que decidí apartarme de él. O, más bien, de quien nunca entendió en qué consiste.

Lorenzo nos hace muchas preguntas. No todas tienen aún respuesta y noto que se frustra.

—Esto es un puzle —le digo—. No tenemos todavía todas las piezas, pero ya vemos la imagen. Hace unos meses eran solo colores borrosos y, hace años, cartón. Hoy vemos perfiles, márgenes y ya hay mucho más sobre la mesa que en la caja. Trato de imaginarme qué siente en este momento, hablando de cosas que nunca ha contado delante de un vecino que no es su nieto, pero como si lo fuera, y de dos desconocidos. Sé que es difícil. Pero me gustaría explicarle que lo hemos buscado todo este tiempo y finalmente hemos llegado hasta aquí porque tenemos el mismo objetivo que usted. Probablemente sean distintos nuestros motivos, pero compartimos la misión. Y para cumplirla tenemos que hablar y hablar y seguir hablando sobre lo que ha hecho usted y sobre lo que hemos estado haciendo nosotros. Son las preguntas, todas las que se nos ocurran, a usted y a mí, las que nos van a ayudar a terminar el puzle y, quizá, a encontrar lo que estamos buscando. Si está cansado o prefiere pensarlo, por supuesto, podemos volver mañana.

—Me parece muy razonable lo que dice. No estoy muy cansado, pero sí me gustaría ordenar un poco mis pensamientos para poder contárselos mejor. ¿Podrían regresar mañana por la mañana, a las nueve?

—Claro que sí. Mañana a las nueve estaremos aquí como un clavo. ¿Necesita alguna cosa? ¿Quiere que le traigamos algo?

—Bueno, si es posible, un periódico español. Los venden en algunos quioscos del centro. A la residencia solo traen periódicos franceses. Los leo con una lupa que me trajo Luc.

—Cuente con ello.

Atravesamos el pasillo hasta la puerta en silencio. Los tres, Jaime, Luc y yo, estamos aún digiriendo lo que hemos vivido en las últimas tres horas.

—Ha sido increíble —dice, ya en el coche, Luc—. De película. En la vida me hubiera imaginado esto. ¿Os dejo en algún sitio? ¡Ay, si tenéis las mochilas en mi casa! Os llevo y luego os acerco donde me digáis.

Le decimos que no hace falta, que bastante tiempo le hemos robado ya, pero insiste y, finalmente, nos deja en la puerta del hotel después de anotarnos en un papelito la dirección de la residencia de Lorenzo y su teléfono. «Mañana no puedo acompañaros. Muchísima suerte con todo. Por favor, llamadme si necesitáis cualquier cosa». Hace cuatro horas que nos conocemos, pero nos despedimos con un abrazo largo. Para él ese rato hoy con Lorenzo también va a ser una de las cosas que recuerde toda su vida.

Antes de entrar en el hotel, Jaime me para, cogiéndome del brazo:

—A ver. He reservado solo una habitación. Los billetes no fueron nada caros, pero los hoteles estaban imposibles. Además, me apetece dormir contigo, pero si te parece raro, si no estás cómoda, podemos coger otra habitación y listo. Pregunté antes de venir y, como esto es una colmena, me dijeron que no habría problema. O sea, que lo que tú quieras. Cero presión.

No conozco a una sola mujer que le hubiera dicho que quería otra habitación.

La habitación es bonita, la luz nos persigue y entra, de nuevo amable, por un balcón que da a la calle. Solo hay una cama, pero es enorme, y lo que era raro hace unos días ya no lo es.

—Voy a llamar a Topete para contarle.

—Va a alucinar en colores.

Le cuento atropelladamente a Topete un resumen de las últimas horas, las más emocionantes de mi vida. Y se pone tan contento al otro lado del teléfono que mi felicidad también engorda. No hay una sensación mejor que dar a alguien una buena noticia. De eso saben mucho los médicos y los periodistas.

Cuando cuelgo, Jaime ha vaciado su mochila y colocado sus cosas perfectamente dobladas en el armario. «Te he dejado todo este espacio para ti», me dice, orgulloso de su orden y de su generosidad. Me da vergüenza explicarle que, en eso, no nos parecemos. Yo me levanto la última para ir a la puerta de embarque, pero puedo pasarme una semana de viaje sacando las cosas directamente de la maleta, creo que jamás he utilizado una percha de hotel.

—¿Qué te apetece hacer ahora? —le pregunto.

—Lo tengo todo planeado, pero se admiten sugerencias.

Otra vez ha decidido por mí, pensando en agradarme. Me doy cuenta, al decirle «estoy en tus manos», de cuánto me gusta esa sensación.

—No he preparado nada del otro mundo. He reservado en un sitio muy chulo para cenar, pero antes he pensado que podíamos salir, simplemente a pasear, quizá ir a buscar la placa de La Nueve en el Sena. ¿Qué te parece?

—Me parece perfecto.

El paseo lo haremos al día siguiente. Porque para convencerlo de que me encanta el plan que ha hecho y estar allí con él le doy un beso, y el beso se alarga y se alarga porque le salen manos, botones y cremalleras, cuellos, hombros, curvas y rectas. Y cuando parece que nos separamos un poco volvemos a encajar, como esos gatos que siempre caen de pie.

Por la noche, después de ducharnos y vestirnos —él cogiendo la camisa perfectamente planchada del armario, yo rescatando un vestido arrugadísimo de mi mochila—, una vez que he visto todos sus lunares y conozco la historia de la cicatriz en la rodilla, le cuento quién es Carlos, quién era yo, de qué color es mi mesa nueva de Ikea. Y Jaime, el hombre que habla con los muertos, no pregunta, no hace ningún aspaviento, no se altera ni pronuncia alguna frase grandilocuente o manida. Se limita a escucharme mirándome a los ojos, muy atento, y, al final, vuelve a repetir la frase perfecta. «Gracias por contármelo. Eres muy valiente y creo que ya te lo había dicho antes, pero me encantas».

A las nueve de la mañana, casi sin dormir, llegamos a La Famille. Y hay un momento, quizá porque los periodistas estamos entrenados para desconfiar, para ponernos siempre en lo peor, en el que pienso que Lorenzo no va a estar o que no va a querer vernos. Llevamos un ejemplar de *El Día* que nos ha costado bastante encontrar, aunque nunca se lo diremos. Según nos ve entrar por la puerta, el hombre que quiere morirse en paz nos dice: «Intentaré contarles mi historia desde el principio. Todo lo que recuerdo. Si he vivido tanto tiempo ha sido solo para encontrar a alguien que me pueda perdonar».

15

Lorenzo

La gente del pueblo pensaba que éramos afortunados porque teníamos más dinero, más tierras que ellos. Pero el origen de esa fortuna, que era seguramente menor de lo que imaginaban, era una desgracia. Sé que mi padre lo habría entregado todo sin pestañear por pasar un solo día más con mi madre, que era la de buena familia, la que le dejó, al morir, su propia herencia. Por carácter, pero también porque custodiaba aquel dinero como quien lleva una penitencia, mi padre ayudó económicamente a muchísima gente de Cuevas y si algo se rompía o se deterioraba era el primero, casi siempre el único, en ofrecer una donación para arreglarlo.

Begoña murió en mi parto. Yo era el segundo, pero el primer hijo, nacido dos años antes, solo vivió un mes. Nunca supieron qué pasó. Una noche lo acostaron en la cuna y, cuando mi madre fue a cogerlo para amamantarlo, ya no respiraba. Me pusieron su nombre, Lorenzo. No sé en qué momento empecé a ser consciente de esa carga, de cuánto tenía que devolver para compensar la muerte de mi madre y la de mi hermano. Pero fracasé estrepitosamente. Sí recuerdo que mi padre, muchos años después, rompía a llorar de repente, en la cena, en el campo... acordándose de su mujer y del Lorenzo original, el único crío que recibió con ilusión, porque era el primero y porque a aquel parto le había sucedido un bautizo, no un funeral. Me hablaba mucho de ella. Para no olvidarse él, para que la conociera yo... También lo hacía a menudo Dorita, la señora que nos ayudaba en casa, la partera, la cocinera, la costurera, la segunda madre, la que le había dicho a mi padre: «Da mala suerte poner a un bebé el nombre de un muerto reciente». Dorita siempre tenía razón. Pero mi padre no le hizo caso. Si hubiera sido niña, habría sido Begoña. Aquella noche de diciembre de 1913, cuando algo empezó a ir mal y luego peor, y el médico dijo que no había nada que hacer, mi padre rompió con Dios. Se enfadó eternamente con él, que es el periodo con los que Dios firma sus tratos, así que Dorita iba a misa a rezar por los tres. A mí me parecía muy mayor, pero probablemente no lo era. Tampoco había nacido en Cuevas, sino en una aldea diminuta donde todos sus vecinos compartían los apellidos, y la habían casado con uno de sus primos porque el método de supervivencia que habían instaurado en aquel lugar perdido entre ninguna parte consistía en distribuirse en las cinco o seis casas que tenían cuando en alguna faltaba una mano o sobraba una boca. Su primo, el marido, se llamaba Pepe. Un día, trabajando en el campo, él notó que empezaba a dolerle la espalda y decidió que les hacía falta una niña, alguien que pudiera cuidar de ellos cuando fueran viejos. Eso fue antes de la guerra, claro, cuando aún existía la vejez. La pensaron por la mañana y la hicieron esa misma noche para que llegara cuanto antes. Dorita, que no sabía leer ni escribir, apenas durmió durante el embarazo porque sabía que fuera de allí les decían «la aldea de los tontos», y temía que la criatura no viniera bien. No he visto a una mujer más lista. Tan lista que era capaz de leernos el pensamiento, y no solo a nosotros, que nos conocía como la palma de su mano, sino a cualquiera. Mi padre siempre lo decía. Pepe, en cambio, era un hombre bruto que solo sabía trabajar porque nadie le había enseñado nunca a querer y decía que eso de la aldea de los tontos era pura envidia, aunque nunca supo explicar de qué. Su único temor era que la criatura fuera niño en lugar de niña y le pedía a su prima, a su mujer, que lo pensara todos los días para que el bebé supiera en qué formato debía venir al mundo y no hubiera malentendidos. Aquella responsabilidad casi acaba con Dorita. Solo le crecía la barriga mientras ella se iba consumiendo. Los huesos de la cara se le pegaron a la piel, y sobre los ojos aparecieron dos enormes sombras negras que ya no se fueron nunca. De espaldas, las vértebras se le marcaban tanto que parecían un dominó y los brazos, aquellas herramientas macizas de trabajar en el campo, se quedaron en pellejo… El bebé pesó cuatro kilos; la madre se había quedado en poco más de cuarenta. Al principio hicieron como que no lo veían, pero Manuela, que así la llamaron, tenía una expresión diferente que fue apreciándose más según pasaban los meses, los años… No vocalizaba bien, aunque se comunicaba de maravilla con caricias y abrazos, pero ese era justo el lenguaje que su padre, quien sabía hablar con las vacas y los bueyes, las gallinas y los conejos, no había aprendido. Jamás la cogió en brazos y a Dorita no volvió a tocarla. A los seis años, Manuelita murió. Y un mes después, al notar que cada vez le costaba más agacharse sobre la tierra y ver que no le cuadraban los números, Pepe echó a Dorita de casa. La aldea de los tontos pudo remover una vez más las fichas del dominó, enviarla de nuevo a casa de sus padres, donde volvía a haber sitio porque los dos habían muerto y allí solo vivían sus hermanos, pero ella decidió que quería ser partera, dedicar el resto de sus días a traer niños al mundo, aunque fuera a través de otros vientres, otras semillas. Se ofreció a asistir a la más próxima, que era Prudencia, la de Cuevas, suponiendo —y tenía razón— que con sesenta años ya cumplidos y en un pueblo tan grande como aquel —comparado con su aldea, desde luego lo era— le vendría bien la ayuda. Dorita no le explicó su delicada situación —a mí también tardó mucho en contarme todo aquello—; solo le dijo que quería aprender el oficio y que podría ayudarla en la casa para pagar su manutención, pero la aldea de los tontos generaba mucha curiosidad en los pueblos del entorno, así que, cuando llamó a su puerta, Prudencia ya sabía que tenía delante a una mujer valiente que había sido abandonada y que después de sufrir el peor golpe posible, la pérdida de un hijo, en este caso, una hija, quería ayudar a otras madres, que es la forma más aproximada a serlo. Así que le dijo que sí, que por supuesto, y, cuando, digamos, se jubiló, Dorita heredó las labores de partera y el cariño de la gente de Cuevas. Fue ella la que recibió a Lorenzo primero y a Lorenzo segundo, yo. También la que escuchó las últimas palabras de mi madre: «Tengo frío».

Empiezo por aquí porque me parece importante que quede claro que las dos mejores personas que conocí en mi vida, las más importantes, se habían cargado de razones para convertirse en seres amargos, resentidos o fríos, pero nunca lo fueron. En cambio yo, que no tenía excusa ni motivo, me volví envidioso, rencoroso, retorcido. Ellos me dieron todo lo que tenían, que era, en cualquier sentido, mucho más de lo que recibía la gente en un lugar como aquel, pero cuando tuve, digamos, que salir al mundo y empezar a pelear las cosas por mí mismo fracasé. Y el orgullo, que sigo sin saber de dónde venía, porque ni mi padre ni Dorita lo dejaron ver nunca, se lo llevó todo.

Matilde nunca me engañó. Esas cosas, además, son muy difíciles de fingir. Conmigo era educada, pero nada más. Yo la buscaba constantemente, ella a mí nunca. Si, al verla, le preguntaba si podía acompañarla, me dejaba, pero ella nunca me lo propuso. De hecho, me enamoré de ella por observación, viendo cómo se relacionaba con los demás, con todo el mundo, no porque hubiésemos tenido grandes conversaciones a solas. Bailamos un par de veces, en las fiestas, pero porque nunca la vi decir que no a nadie. Fuimos una vez juntos al teatro, pero con un grupo de diez personas, sus amigos, y, entre ellos, el otro chico que la pretendía, Fausto. Y, precisamente porque yo me pasé toda la tarde mirándola a ella, sé que ella nunca me miró a mí. Supongo que fue ahí cuando me di cuenta de que no solo no la iba a tener yo, sino que la iba a tener otro, y algo cortocircuitó en mi cabeza. Al día siguiente del teatro, pedí a mi padre que lo echara. Me preguntó por qué, pero yo no podía explicarle los verdaderos motivos, así que le dije, solamente, «porque yo te lo pido». «Pues no es suficiente —me respondió—. Fausto trabaja muy bien y sus padres están muy contentos de que por fin se haya asentado un poco. ¿Es por esa chica, Matilde?». No confesé, pero no hacía falta. Todo

Cuevas era consciente de que yo andaba detrás de la hija de Anselmo y Virtudes. Y por supuesto lo sabían en mi casa, porque cuando te encaprichas de alguien es inevitable que todas las frases terminen con su nombre. Intenté competir. Le hice varios regalos caros, con dinero que robé a mi padre, y Matilde no aceptó ninguno. El último fue un anillo de mi madre que había sacado sin permiso de nadie de su joyero y me lo rechazó unas horas antes de que los falangistas vinieran a casa, a casa del atípico terrateniente de Cuevas a pedirle nombres a «don Damián». No escuché toda la conversación. Solo el final, que era una amenaza: «Se equivoca. Ya vendrán por usted». Y no fui yo el que se acercó, aunque, como eximente, no es gran cosa. Me vieron cuando ya se iban, con el rabo entre las piernas, y probaron suerte. Me chistaron, se acercaron y cambió mi vida entera. Me gustaría poder decir que no sabía que lo iban a matar, que solo quería que lo asustaran y se marchara de Cuevas, pero no puedo, porque entonces ya habían desaparecido algunos vecinos por otra lista que, según decían, les había hecho el cura, y nos habían llegado historias terribles de otros pueblos en los que después de matar a un grupo de vecinos dejaban los cadáveres al aire para que los demás supieran a qué atenerse. Sabía qué hacían con los nombres. Desde luego mi padre lo sabía. Por eso no se los dio. Y por eso me odió cuando supo que yo sí. Me odió por segunda vez en veintitrés años, que era la edad que yo tenía entonces. Edad suficiente.

No me arrepentí enseguida. No sé cuánto tiempo dejé nadar en mi cerebro las peores ideas que puede tener un hombre, pero llegué a estar satisfecho por lo que había hecho. Ni siquiera sé si habría llegado a arrepentirme tan pronto si solo se hubiesen llevado a Fausto; si a la mañana siguiente no me hubiese enterado de que también había desaparecido Matilde. Fue mi padre quien me lo contó. Entró a golpes en mi habitación, me despertó, yo dormía plácidamente —otra prueba de mi absoluta falta de remordimientos en ese momento—.

—Levántate.

—¿Pero qué pasa? ¡Es domingo!

—Has sido tú.

—¿He sido yo qué?

—Tú has dado el nombre.

—¿Qué nombre?

—Sabes perfectamente de lo que hablo. Lo que seguramente no sabes es que Matilde también está muerta. Oyó la camioneta y, al ver que se llevaban a Fausto, se subió con ellos. No te digo quién los ha visto porque eres capaz de meter a esa persona, también, en un problema. Recoge lo que quieras de esta habitación, ni una sola cosa más, y lárgate. No quiero volver a verte.

Ha pasado mucho tiempo, pero recuerdo perfectamente ese diálogo porque fue la última vez que hablé con mi padre. Él lloraba. Dorita también. Yo aún no. No era capaz de asimilar lo que acababa de oír. En apenas unas horas me había convertido en asesino y huérfano y había desaparecido mi paisaje favorito, ella, lo que más me gustaba mirar.

Dorita me dio algún dinero. Me recomendó que le escribiera en unos días, me prometió que ella hablaría con mi padre, que rezaría muchísimo por mí. Me dijo: «No hay castigo más grande que la culpa que te acompañará toda la vida. Nos necesitas más que nunca». Volvía a tener razón.

—¿Y dónde voy?

—Ve a Francia. Este país está roto por todos lados.

Le hice caso. Le envié un telegrama en cuanto me instalé en una pensión de Carcasona para contarle que había llegado bien, y, a partir de ese momento, le escribí una vez al mes, preguntando cuándo creía que podría volver, cómo veía a mi padre. En la tercera o cuarta carta, me explicó que él había dejado de hablar y que se negaba a salir de casa y muchos días también de la cama. Apenas comía. Lloraba durante el día, por la tarde, incluso cuando dormía. Y Dorita se trasladó a su habitación, a la cama de mi madre. «Espero que no te moleste, pero es que me da mucho miedo que se ahogue. De momento, hay que esperar. Yo te aviso». Pasaron varios meses y mi padre no remontaba. Dorita me contaba que iba la gente a visitarlo, a intentar animarlo, y él seguía sin decir palabra. Petra, la hermana de Matilde, también fue a verlo. Ese día, Damián, por fin, habló. «Lorenzo no volverá a Cuevas», le dijo confirmándole el rumor que se había extendido por el pueblo, es decir, que había sido yo quien había delatado a Fausto y era, por tanto, el responsable último del asesinato de ambos. Según me contó Dorita, Petra, viéndolo tan mal, le explicó a mi padre que aquello no era necesario porque ellos seguramente iban a marcharse del pueblo también y todos habían sufrido ya bastante.

—Preferiría ser el padre del asesinado en lugar del padre del asesino.

Y volvió a callarse para siempre.

Ya no le contestó cuando Petra, según me contó Dorita, le explicó que ellos entendían que yo había sido el delator, no el asesino, y que, si tuvieran que irse todos los que habían dicho, por miedo, por venganza, por lo que fuera, más de lo que debían, el país se quedaría vacío.

Me conmovió muchísimo aquella carta de Dorita; que Petra, de alguna manera, me disculpara, y, sobre todo, que mi padre estuviera en aquella situación por mi culpa. ¿Cuántas veces puede romperse el corazón de un hombre? Se repuso de la muerte del primer hijo, el ser más indefenso; se repuso, dos años después, de la muerte de mi madre, su persona favorita; pero no fue capaz de soportar la idea de haber criado a un asesino, sangre de su sangre, que colocaba dianas sobre sus trabajadores, sus vecinos.

Yo ya no volví a soñar con los vivos. Intentaba concentrarme mucho para dejarlos pasar, pero no había manera, en cuanto cerraba los ojos se me aparecía Matilde o Fausto o los desgraciados a los que también subieron aquella noche a la camioneta. Mis pesadillas despertaban a todo el edificio, así que terminaron echándome de la pensión. Al dueño, sin embargo, debí de darle pena porque me envió a casa de unos primos suyos en el campo: «A los animales no los asustarás». Dormí, por primera vez, en un pajar. También aprendí todos los oficios de los hombres que trabajaban para mi padre, incluido Fausto, y lo duro que era. Cuando les dije que no sabía hacer nada con las manos, se extrañaron, pero me enseñaron con mucha paciencia. Les daba lástima porque pensaban que era uno de los republicanos que huía de la guerra. No sabían que la llevaba dentro. Así me tiré muchos años, engañando a todo el mundo, porque, del mismo modo que en Argentina piensan que todos los españoles son gallegos, en Francia creían que todos los españoles eran rojos que habían escapado de Franco. Con el tiempo eso empeoró, porque se fueron conociendo las historias de los campos de concentración, de La Nueve, de la Resistencia..., y entonces los españoles ya no eran solo víctimas, expatriados, eran héroes. Conocí a muchos. A Marina, una mujer de Cantabria que iba a la frontera a recoger personas, documentos, cartas o dinero y que explicaba con naturalidad que llevaba una pastilla de cianuro en el bolsillo para matarse antes de que la hicieran hablar; a Felisa, que estuvo dos años sin tener noticias de su marido hasta que apareció más muerto que vivo después de dar tumbos por varios campos de concentración; lo enterró el mismo día de su cumpleaños, a los cuarenta y dos, y se puso a trabajar en casa de un colaboracionista nazi para pasar información a la Resistencia. Era de Aldealcorvo, un pueblo de Segovia, y terminó haciendo tortillas para los americanos que desembarcaron en Normandía. Y a Theo, un hombre que vivió sesenta y ocho años con una bala alojada en el tórax, a unos milímetros del corazón. Le disparó, en Holanda, un pelotón de fusilamiento y cayó en una fosa con sus compañeros muertos, pero una placa metálica que llevaba en el uniforme había hecho de parapeto. Nunca se sacó la bala, le daba miedo, pero cada tres meses pasaba una revisión para comprobar que no se había movido del sitio. Con veintidós años estaba combatiendo en el lado republicano en la Guerra Civil. En el puerto de Alicante había visto a muchos hombres pegarse un tiro porque preferían morir antes que caer prisioneros. En Libia, le tocó rematar a un amigo, herido por una ráfaga de metralleta. Él era de un pueblo de Valladolid...

Entre ellos me sentía un farsante. Aunque creo que nunca tuve que mentirles. Simplemente, me escabullía cuando me hacían alguna pregunta y mis silencios no llamaban la atención porque los atribuían, supongo, al sufrimiento de la guerra. No es que hiciera por coincidir con ellos, pero, cuando un español está fuera de su país, una especie de fuerza extraña los arrejunta. A los primeros los conocí en una academia donde los españoles íbamos a aprender francés, idioma que hoy hablo mejor que el mío. En cuanto al trabajo, me fui apañando con una cosa y con otra hasta que conseguí una plaza de profesor en un instituto, que fue donde me jubilé. ¿Mujeres? Las hubo. Uno no es de piedra, pero cuando la cosa se ponía seria, bonita, las dejaba. Solo podía defraudarlas. A no ser que les ocultara lo que había hecho, pero ¿se puede compartir la vida con alguien que no sabe quién eres? Yo creo que no.

Mantuve el contacto con Dorita, quien, en 1940, me informó de que mi padre, sin ningún estímulo para seguir viviendo, había decidido morirse. Me explicó que me había dejado una carta que ella, por supuesto no había abierto, y me llamó un notario para leer el testamento, pero nunca volví a Cuevas. No me atrevía. Dorita vino a visitarme a París una vez. Fue muy emocionante volver a verla. Seguía tan mayor, o tan joven, porque, después de tantos años, me pareció que tenía el aspecto de siempre. Pasamos unos días estupendos, sin hablar de la guerra, paseando por París. Era hermoso ver cómo se emocionaba con todo, la torre Eiffel, el Sena, los Campos Elíseos, los sabores, el gorgojeo del francés... La última noche me dijo: «Tienes que volver y arreglar tus cosas. Tu padre te dejó todo lo suyo y yo te dejaré todo lo mío. Moriré dentro de un mes». Y al mes, puntual como había dicho, se murió.

Nunca he tocado ese dinero. Pero viendo que me quedaba poco tiempo a mí también decidí en qué quería invertirlo. Le pedí a Luc, mi vecino, al que quiero como un nieto, que me buscara la dirección de la asociación que abre las fosas del franquismo y escribí una carta para pedirles que buscasen el lugar donde enterraron a Fausto y a Matilde. Ese es mi testamento, mi última voluntad.

16

La religión del otro

Luis, el técnico que colabora de vez en cuando con la Guardia Civil, pasa el georradar por la zona. Jaime le pidió el favor, después de enviarle la carta de Lorenzo para ablandarlo, y ha venido este fin de semana con esa máquina que parece una segadora, pero que funciona como un TAC del terreno y es capaz de detectar cuándo ha sido removido para enterrar armas o cuerpos. Al llegar se enfada con nosotros:

—Es una zona demasiado amplia. Lo sabes perfectamente, Jaime.

—Haz lo que puedas. Te lo compensaré.

Intentamos que Lorenzo se quedase en su antigua casa de Cuevas mientras durasen los trabajos. Le prometimos que lo avisaríamos de cualquier avance, pero insistió en estar presente en todo momento y no ha habido manera de convencerlo. También le ofrecimos hablar con Olga, la psicóloga, sobre todo, para leer esa última carta que le había dejado su padre, pero no ha querido y no nos ha contado siquiera si la ha abierto. Luc, que ha venido para acompañarlo y ayudarlo en lo que necesite, lo lleva todas las mañanas al monte, y, por mucho que madruguemos, cuando llegamos, Lorenzo, como en el cuento del dinosaurio, ya está allí. Se sienta en una especie de silla de playa que ha llevado él mismo. Es una estampa curiosa porque estamos en el escenario de un crimen y muy lejos de la costa, de ese jaleo feliz de las vacaciones, de niños jugando en la arena y adultos liberados de los zapatos y las preocupaciones, ese olor a mar, crema solar y fritanga del chiringuito. La silla, además, es demasiado pequeña y parece que en cualquier momento va a rendirse ante el peso de un anciano con la expresión más triste que he visto y que en lugar de bañador viste, este sábado de verano, camisa blanca, pantalón de pinzas y una visera de Curro, el de la Expo 92, que alguien le ha prestado para protegerse del sol. El segundo día nos damos cuenta de que con la visera no es suficiente y alguien trae, directamente, una sombrilla de playa. El set completo. Siempre hay un punto cómico, irónico, en las tragedias: un cura que maldice al quemarse con una vela en mitad de un funeral; una horrible falta de ortografía en una carta de rechazo...

Desde el tercer día, nos acompaña Toru, un japonés de sesenta años que ha cruzado el mundo para ayudar a desenterrar una historia con la que nada tiene que ver. Este es el segundo verano que colabora con la Asociación Memoria y Justicia y fue un artículo de prensa, un reportaje sobre las fosas del franquismo publicado en un periódico nipón, lo que lo trajo a España. Lo conocí el verano pasado, en otra exhumación, y publiqué una entrevista con él en *El Día* que tuvo muchísimo éxito; todas las teles querían hablar con él. «¡Me has hecho famoso!», se quejaba. El artículo que él había leído en Japón incluía una fotografía de Jaime y, agarrado a ese recorte, cogió un tren y luego un avión, y después un taxi y se plantó en el Instituto Nacional de Medicina Forense diciendo, en inglés, que quería ver a su director, «el presidente de la asociación que ayuda a buscar a los republicanos desaparecidos». Lo tomaron por loco, claro, y no le dejaron pasar, pero Toru se quedó en la puerta esperando. Y, cuando ya habían pasado dos horas, el vigilante de la garita, incómodo, buscó en el directorio la extensión de Jaime, llamó y trató de explicarle lo mejor que pudo lo que ocurría. Muerto de curiosidad, Jaime pidió que lo llevaran hasta su despacho. La historia que contaba Toru era tan disparatada que solo podía ser verdad. Había leído, en inglés, los libros de Paul Preston sobre la guerra civil española y al leer en aquel reportaje cómo Jaime explicaba que a veces, en las exhumaciones, los ayudaban voluntarios, quiso ser uno de ellos. En la fosa de Fontanosas, donde lo conocí, lloraba como un niño cuando, al pasar la brocha con mucho cuidado sobre el esqueleto, como le habían enseñado, descubrió una alianza de boda. Pensaba en su mujer, que lo había despedido desconcertada unas semanas antes, en Japón, después de acribillarlo a preguntas, como haría yo misma poco después, pero a miles de kilómetros. «Como mi esposa —me respondió—, me estás preguntando lo mismo de muchas maneras distintas: ¿Por qué estoy aquí? ¿Por qué tenía que venir yo?... Y la respuesta a todas ellas es otra pregunta: ¿Por qué yo no si puedo hacerlo? Podía comprar un billete, volar a España y donar un poco de mi tiempo para ayudar a enterrar dignamente a alguien que ha muerto. Por eso lo hice. Porque podía hacerlo». Se ganó enseguida el cariño de todos. El equipo le regaló, antes de que regresara a Japón, un disco recopilatorio de tunas —por alguna misteriosa razón, le fascinaban— y varios sobres de jamón ibérico —quería comerlo a todas horas—.

La asociación de Jaime ha pedido una subvención para buscar y exhumar la fosa, pero lleva su tiempo y Lorenzo no lo tiene. Así que se han organizado por su cuenta: el equipo trabaja de forma voluntaria y duerme en casas de vecinos de la zona. Después de mucho discutir, aceptaron un donativo de Lorenzo para financiar las comidas en el bar de Lucía, donde han puesto un bote para ayudar con la gasolina y otros gastos.

Después de dos días peinando la zona, a última hora del domingo, Luis señala dos lugares donde detecta anomalías en el terreno para hacer catas. Solo es un pequeño indicio, pero lo celebramos como una gran victoria, sobre todo porque esa noche Luis tenía que volver a Madrid y nos iba a costar mucho encontrar otro hueco en el que pudiera venir a pasar el georradar. Lorenzo sonríe por primera vez desde que lo conocemos.

Curiosamente, el ayuntamiento de Cuevas no accedió a pagar el alquiler de la excavadora, pero el de Santiesteban sí. A la una de la tarde, cuando el operario para para comer, hay que convencer a Lorenzo para que meta algo en el estómago o para que vaya a descansar. Ha perdido el interés en dormir, en comer..., en todas las rutinas de la supervivencia, incluida la compañía. Solo hace caso a Luc, al que utilizamos de embajador diplomático para negociar con él.

El cuarto día, mientras cenaba con Jaime y el resto del equipo, debatimos cuál era la mejor forma de decirle que lo habían intentado todo, pero que no están allí. Antes de empezar ya habían tenido una conversación parecida con él. Es una charla estandarizada, como los protocolos que enseñan a los médicos a dar malas noticias. El objetivo fundamental es rebajar las expectativas para que, si, como en este caso, no aparece la fosa, los familiares no se vengan abajo. Le explicaron lo habitual: los cambios del terreno, las jugarretas que a veces gasta la memoria, en este caso, la de Marcial. Pusieron ejemplos de otros casos donde «todo indicaba que», pero finalmente «no fue posible llegar a…». Lorenzo los dejó hablar, porque es un hombre educado, pero no lo convencieron. Después de todo, era su vehemencia lo que lo mantenía vivo y lo que nos había llevado a todos hasta allí. Tardamos una semana en encontrar la fosa y otra semana más en excavarla completamente, hasta que diez esqueletos, entre ellos, el de una mujer joven, menor de veinticinco años, según la explicación de Jaime, quedaron expuestos a la luz.

El día doce de los trabajos, una mujer de unos cincuenta años que paseaba con el perro —o que vino expresamente a curiosear con la excusa de pasearlo— dice: «Con lo a gustito que estaban ahí». Lo hemos oído todos, salvo, afortunadamente, Lorenzo.

Como en otras exhumaciones, Jaime organiza una jornada de puertas abiertas para los familiares. Carmen trae a Petra desde Vitoria; los sobrinos de Marcial vienen desde Madrid; el sobrino de Fausto desde Plasencia. Olga se los ha llevado a un lugar apartado, donde había colocado unas sillas y botellas de agua. Hace las presentaciones y se aparta, advirtiéndolos de que se quedará cerca por si la necesitan. Petra no tiene uno de esos días buenos. Carmen me pide que los acompañe también. Les pregunto a los demás si están de acuerdo y me siento a su lado a escuchar una conversación entre el delator, la familia del asesino y las de las víctimas. Nadie se atreve a empezar. Olga nos reparte unas fotos que había llevado impresas: la de Chinto en el teatro, otro retrato en sepia de Matilde... Lorenzo coge esta última y empieza a llorar. Hasta ese momento, no le habíamos visto emocionarse, ni siquiera cuando nos contó su historia en la residencia. Olga, atenta, le acerca un pañuelo.

—Querer a Matilde es lo único de verdad que he hecho en la vida, y estoy a punto de cumplir noventa y ocho años. Murió por mi culpa, porque loco de celos di a los falangistas el nombre de Fausto, que es a quien ella quería de verdad. Aquello destrozó a mi padre, que me retiró la palabra y dejó de hablar. Me echó de casa y nunca volvimos a vernos. Tenía veintitrés años y en un minuto me condené. Me alegro mucho de que estén hoy aquí porque necesito pedirles perdón, aunque no me lo merezca, y decirles que me encargaré de que Fausto, Matilde y los que los acompañaron esa maldita noche tengan un entierro digno.

Se hace el silencio. Martina, una de las sobrinas de Marcial, pregunta:

—¿Conocía a mi tío? ¿Fue él quien le pidió los nombres?

—No eran del pueblo. No los conocía. Ellos a nosotros tampoco, por eso iban preguntando a los vecinos por unos y por otros. Los llamábamos la Manada.

—¿Y usted sabía, cuando dio el nombre de mi tío, que lo iban a matar? —pregunta entonces Ceferino, el sobrino de Fausto.

—No lo pensé. Pero lo sabía. Sabía que esa era una posibilidad.

El silencio se hace más denso. Lo rompe Petra, que le quita la foto de Matilde y dice: «Mi hermana». Lorenzo vuelve a llorar. Pensábamos que Petra no estaba siguiendo la conversación, que no comprendía dónde estaba ni quiénes somos. Pero en el momento preciso su cerebro ha sabido abrir la ventana: «He venido para perdonarte. Y para llevármela». Lorenzo agacha la cabeza y le besa las manos. Matilde yace a unos metros, con tres impactos de bala y una llave junto a los huesos de la cadera. La señora del perro, la que vino hace unos días a cotillear y dijo, con desprecio: «Con lo a gustito que estaban ahí», ahora llora. «Yo también les pido perdón». Ni nos habíamos percatado de su presencia. Pero hoy no estorba. Hoy representa a muchos como ella y, si tenemos suerte y sabe contar lo que ha visto, habrá cumplido una misión tan importante como la nuestra.

Vuelvo al periódico el último día de Gallizo como director porque coincide con mi último día de excedencia. Lo veo recoger sus cosas en el despacho donde una vez me dejó temblando, él baja la cabeza y me parece que han pasado años, no meses. El clan del Naranjito también me recibe como si llevásemos tres legislaturas sin vernos. Alberto se acerca y me da un beso en la mejilla: «Bienvenida». Tardo media hora en subir a Recursos Humanos, donde también me espera Bermejo, el consejero delegado, con el que nunca había hablado hasta hoy. Nos sentamos en una de esas mesas largas, de anuncio de abrillantador, y la ceremonia empieza a ponerme algo nerviosa. Pienso que me quieren despedir, aunque hago una consulta rápida en internet con el teléfono y compruebo que no es legal hacerlo justo al reincorporarte de una excedencia.

—Bienvenida a tu casa, Belén. Qué alegría tenerte de vuelta.

—Muchas gracias. Nunca había estado en esta sala ni en esta planta. La llamamos la «planta noble».

Bermejo se ríe y dice que no lo sabía, pero estoy convencida de que sí.

—Como ya sabrás, va a haber algunos cambios en el periódico. Gallizo se va.

—Eso me han dicho. ¿Y dónde se va?

—Bueno, hemos buscado una solución intermedia hasta que termine su contrato, dentro de un año, y le hemos nombrado coordinador de Análisis Estratégico y Futuras Perspectivas.

—¿Teníamos de eso? ¿A quién va a coordinar?

—No lo teníamos, no hace falta y no va a coordinar a nadie. Ya sabes que, cuanto más largo el nombre del cargo, menos contenido. Entre tú y yo, es un puesto que nos hemos inventado para sacárnoslo de encima.

—Ah, su propia medicina.

—Ni siquiera va a venir a la Redacción. El caso es que estoy intentando resucitar el periódico, en el último mes he estado hablando con unos y con otros, dentro y fuera, y todo el mundo habla maravillas de ti y de tu trabajo. Quería verte hoy para decirte que serás lo que quieras en *El Día*.

—Yo solo quiero escribir.

—¿Escribir?

—Contar cosas, aprender cosas. Escribir.

—Puedes pensarlo unos días, consultarlo...

—Lo tengo muy claro, Bermejo. Muchísimas gracias.

—Gracias a ti. Y otra vez: bienvenida.

Dos meses después de la exhumación de la fosa, volvemos a Cuevas para el entierro. En el salón de actos del ayuntamiento, la cárcel improvisada donde el alcalde republicano contaba los agujeritos de carcoma del escenario para entretenerse mientras esperaba la muerte, se celebra una emocionante ceremonia. César lee un poema de Miguel Hernández y, a continuación, los nombres de todos los desaparecidos que ha documentado en su carpeta azul. Topete toca el piano. Nacho hace fotografías. En primera fila, Petra y Lorenzo juntan sus ciento noventa y un años, que en dos días serán ciento noventa y dos. Llegamos por los pelos, pero llegamos. En las butacas está también la Rubita y los hermanos de Topete, quien hace unos días se atrevió a hablarme de los huecos en su casa, de las pastillas compartidas y de las otras que no supe identificar. Padece la enfermedad incurable, hoy mucho más llevadera, de la falta de información. Le gustan los hombres. En Madrid, la primera persona que supo quién era murió en sus brazos después de regalarle sus únicos años de felicidad plena. Los hermanos, al enterarse de aquello, se habían apartado, avergonzados, y él, entonces, no tuvo fuerzas para explicarles. Hoy, Blanca y Luis, a los que llamé hace unos días, con el permiso de Topete, para informarlos del acto de entrega de restos y del increíble trabajo que había hecho su hermano, asisten emocionados al cierre de una herida comunitaria y se avergüenzan, pero esta vez de su ignorancia, la que los separó de su propia sangre. También ha venido Elena, la exmujer de Couto, y Marina, su hija. «En octubre empieza Periodismo —me dice, resignada, la química del CSIC que se atrevió a convivir con una sirena—. Por lo que sea, no la han seducido los secretos de la tabla periódica. Es imposible competir contra vosotros». Marina tiene los ojos de Couto y al mirarla siento una envidia sana; no hay nada más bonito que los comienzos.

Jaime enumera «los signos de muerte violenta», cuenta las edades de las víctimas y cómo se ha llevado a cabo la identificación de cada uno mientras en la pantalla del salón de actos se proyectan sus fotografías. Me pide que suba al escenario y cuente la investigación, aunque habíamos quedado en que solo hablarían él y los familiares que quisieran. Para que no me enfade, cuando subo, provoca un aplauso aplaudiendo él primero.

—Creo que me conocéis casi todos, aunque estoy viendo a gente nueva, muy joven, qué buena señal. Me llamo Belén y soy periodista. Hace unos meses, Jaime me enseñó la carta que le había enviado un hombre de noventa y siete años desde Francia, Lorenzo. Pedía ayuda para encontrar la fosa en la que los asesinos habían enterrado a diez vecinos del pueblo, desaparecidos desde el verano de 1936. Parecía imposible encontrarlos, resolver un crimen que llevaba tantos años olvidado, pero aquí están. Y sois vosotros quienes los habéis traído de vuelta al atreveros a hablar de lo que pasó. Lo que nunca nos contamos.

»Al desenterrar sus restos, hemos recuperado también sus vidas, que son capítulos de la historia del país, de sus episodios más negros. Todo el horror de la guerra se concentró en este pueblo que nunca cavó trincheras, lejos del frente. El odio indiscriminado, las venganzas y el terror sí se instalaron aquí y cuando se fue todo eso quedó el miedo a que pudiera volver, el silencio. Pero todos dejamos un rastro: en las cosas que tuvimos, en lo que escribimos y, sobre todo, en las personas que nos acompañaron. Seguir ese hilo, meterme en vuestras casas y en las cabezas de los desaparecidos para poder contar quiénes eran, qué sintieron y qué dejaron ha sido un enorme privilegio.

»Mi trabajo consiste en escuchar. Es la única forma de entender. Antes de llegar aquí, falleció un compañero, Rodrigo Couto, uno de los buenos. Decía que el periodismo nos libera del mayor esclavizador que existe, nosotros mismos, porque es la religión del otro, un aprendizaje continuo sobre la naturaleza humana. A veces, donde más clara se ve, explicaba, es en los extremos de la realidad, donde hay poco espacio para la impostura. Los periodistas tratamos de proveer vidas, experiencias de otros que nos inviten a ponernos en su lugar y a ejercitar ese músculo del alma que es la empatía. Después de estos meses en Cuevas, estoy convencida de que, entre todos, hemos ayudado a que otros entiendan, a que se pongan en el lugar de las personas que hoy ocupan estos pequeños cofres y en el lugar de los que han esperado tanto tiempo para darles un entierro digno. Y por todo eso tenemos que estar muy orgullosos. Yo lo estoy. También, y sobre todo, muy agradecida.

Jaime y yo nos abrazamos sobre el escenario, donde están colocados, en fila, los pequeños ataúdes con los restos exhumados. Sobre cada uno de ellos queda el informe forense con una parte de la reparación; la verdad. Como es costumbre cuando fallece alguien en Cuevas, pero esta vez siete décadas después de las muertes, los vecinos recorren el pueblo acompañando en procesión a los féretros hasta el cementerio. Durante el recorrido, se detienen en la casa de Matilde y frente al bar de Eloísa, donde la Manada había instalado su cuartel general. Los sobrinos de Marcial llevan a Petra y a Lorenzo en su coche, para que no se cansen, hasta el camposanto. Colocan los pequeños ataúdes en el panteón nuevo. Las familias decidieron, finalmente, que preferían que siguieran juntos, aunque ahora en un lugar digno, con su nombre y apellidos y una leyenda que dice: «Muertos por la libertad». La ceremonia termina con un aplauso de Cuevas al completo, incluido el del alcalde, tan reacio los primeros días, tan agradecido los últimos. Su partido es uno de los que creen que esto es revanchismo. Pero también él ha entendido y a partir de ahora podrá explicar a sus compañeros por qué se equivocan.

Luc ha vuelto a París y es Amparo quien echa una mano a Lorenzo, adecentando la casa que lleva tantos años vacía. Han hecho buenas migas. Antes de volver a Madrid, Lorenzo me pide que vaya a verlo para despedirnos con calma.

—Pasa, querida. Lorenzo está en el salón. Yo voy a aprovechar para hacer unos recados y hablar con Carmen, porque estoy pensando en retomar la idea del hotelito rural.

—¡Qué bien, Amparo! ¡Cuánto me alegro!

—¡Ya ves, a mi edad! Pero le dejaré algo a mis sobrinos.

Lorenzo me entrega un sobre. «Es la carta de mi padre. No he sido capaz de abrirla. ¿Puedes leérmela?». Me siento a su lado en el sofá de la casa de Damián y Begoña. Leo:

Cuevas, 6 de enero de 1940

Querido hijo:

Empiezo así porque no he dejado de quererte. El amor nunca se escoge y mucho menos cuando está la sangre de por medio. No es posible dejar de querer a un hijo, del mismo modo que la nieve no puede ser negra o el calor, frío. Sé que te he hecho pensar lo contrario, pero si hubieras formado tu propia familia sabrías de lo que hablo.

Sí me dolió mucho lo que hiciste, tan injusto, tan irreversible. No he vuelto a salir de casa porque no soportaría ver a los padres de Fausto, a cualquier amiga o familiar de Matilde. De haberte quedado, tú tampoco lo habrías aguantado. Te habrías vuelto loco, como les ha pasado a tantos, por eso creo que hice bien en echarte. Eso lo pensé después. Porque, cuando te ordené que te fueras, lo hice, en realidad, porque no sabía qué decirte. ¿Qué palabras hubieran servido? Yo había fracasado mucho antes. Por eso, también, dejé de hablar. Me quedé sin cosas que decir.

Seguí escuchando, eso sí. Dorita me ha mantenido al tanto de tu vida y me alegra, si es posible todavía conjugar ese verbo en este país arrasado, saber que otros te han enseñado lo que yo no supe; que has aprendido el valor del esfuerzo, que te has manchado las manos y arañado la tierra como los hombres que trabajaban en nuestras fincas, como el propio Fausto. Dorita me habla de ti, me lee tus cartas y cada día escoge otra tragedia, una en la que no tengamos nada que ver, para que la nuestra se vaya haciendo más pequeña y manejable. Ahora que ha acabado la guerra y ha seguido el hambre, sabemos que hay pueblos donde ha muerto más gente de la que había porque les alcanzó el horror antes que el censo. Que hay hermanos que se miraron a los ojos en el frente antes de dispararse desde bandos contrarios y padres, como yo, que nunca entenderán de dónde salió tanto odio, de un día para otro, casi sin avisarnos. Me cuenta Dorita, para intentar consolarme, que hay cosas peores, que en un pueblo vasco llovieron bombas y ardieron niños, mujeres y ancianos. Que en las plazas de toros empezaron a matar hombres con la misma alegría con la que mataban a los pobres animales; que asesinaron a monjas por ser monjas, a ateos por ser ateos, a alcaldes por ser alcaldes, a madres por ser madres, a poetas por ser poetas... Ella lo hace con su mejor intención, para hacerme entender que no fuiste tú solo, que el país entero enloqueció, pero los errores de otros no convierten el tuyo, el nuestro, en un acierto, si acaso en unas circunstancias, una coyuntura de la que no supe protegerte o para la que no supe prepararte, y por eso también yo tengo que pedir perdón.

No importa que estés lejos. Somos donde estamos, pero eso nunca ha sido un lugar, sino un espacio, el conjunto de personas que nos quiere y a las que queremos. La verdadera patria es el afecto y va por dentro. Si uno es afortunado, es un territorio amplio y rico, con fronteras que se van abriendo para dejar entrar a nuevos inquilinos. Si uno tiene mala suerte y alguien muere antes de tiempo, el mapa se descompone; es como si te amputaran una provincia, como si derribaran el puente que te comunicaba con un paisaje precioso, el lugar que visitabas cuando necesitabas sentirte mejor. También hace, a partir de ese momento y para siempre, más frío. Tu madre era para mí ese sitio, y me habría

> muerto congelado si no hubieras estado tú aquí para recordarme el calor. He pensado muchas veces en qué habría hecho ella y solo sé eso, que no habría dejado de quererte. Hoy es el día más bonito del año, la mañana de Reyes. Y te regalo eso, mi amor incondicional, el único que existe.
>
> DAMIÁN

Lorenzo llora a mi lado, los dos cogidos de la mano. Morirá una semana después. En paz.

Agradecimientos

A Elvira Lindo y a Manuel Jabois, a los que tanto admiro, por sus emocionantes palabras sobre la novela.

A David Beriain, que me reconcilió con el periodismo cada vez que lo necesité, y al que he robado algunas de las frases que definen la profesión en este libro, como «la religión del otro».

A Fausto, a Hilda, a Jesús, a María..., a todas las víctimas del franquismo que me han contado su historia y me han dejado compartirla en *El País*. Su ejemplo nos hace mejores.

A Ana Lozano, mi editora, que siempre me anima a hacer lo que más me gusta, escribir.